两地

林海音 著

人民文学出版社
PEOPLE'S LITERATURE PUBLISHING HOUSE

著作权合同登记号　图字 01-2019-3072

图书在版编目(CIP)数据

两地／林海音著．—北京：人民文学出版社，2019
ISBN 978-7-02-015213-1

Ⅰ．①两…　Ⅱ．①林…　Ⅲ．①散文集-中国-当代
Ⅳ．①I267

中国版本图书馆 CIP 数据核字(2019)第 082634 号

责任编辑：甘　慧　周　洁
封面设计：汪佳诗
版式设计：李　佳

出版发行　人民文学出版社
社　　址　北京市朝内大街 166 号
邮政编码　100705
网　　址　http://www.rw-cn.com

印　　刷　莱芜市圣龙印务有限责任公司
经　　销　全国新华书店等

开　　本　890 毫米×1240 毫米　1/32
印　　张　6.875
字　　数　146 千字
版　　次　2019 年 10 月北京第 1 版
印　　次　2019 年 10 月第 1 次印刷

书　　号　978-7-02-015213-1
定　　价　45.00 元

如有印装质量问题，请与本社图书销售中心调换。电话：010－65233595

从北平城南到台北城南

从北平城南到台北城南

——《两地》重排新版序

一九二三年，林海音五岁，随父母离开台湾到当时还叫“北京”的北平，在城南定居下来。小时候，他们全家人常常围坐在灯下，摊开地图，看那个小小的岛。母亲告诉她，故乡四周是水，他们是坐大轮船，又坐火车，才到这个北京城来的。

她在北平一住四分之一个世纪，在那里读书、就业，嫁入像《红楼梦》里般的典型中国书香大家庭。这个来自海岛台湾的小姑娘，完全融入了那个几千年历史的古老北方社会，是真正的“台湾姑娘，北京规矩”。

一九四八年底，林海音带着母亲、幼妹及三个孩子，仓促中离开北平，回到台湾。她长年幻想的遥远模糊的故乡，如今突然出现在眼前，怎不叫人兴奋呢?

一上基隆岸，林海音就迫不及待要认识自己的家乡。只要一有空，她就和先生何凡（夏承楹）到处旅行。她天性好学，对生活充满好奇及热诚，她随身带着笔记本，认真看，用心听，随时问，还不忘随手记下来，就像她当年在北平当记者时一样。

那时她每天不是出去找工作，就是从寄居的东门二妹家，沿着仁爱路，走到新公园的省立博物馆看书、找书。郁永河的《裨海纪游》、黄叔璥的《台海使槎录》、梁启超的《台湾竹枝词》以及日文的《民俗台湾》、梶原通好的《台湾农民生活考》等，都是她的参考书。那时馆里的日文书不能外借，她竟然连细目都一一抄下来。

她也曾花“高价”八块钱，买了一本二手的日本作家池田敏雄的《台湾家庭生活》，这本书她一直珍藏到老。

每次从博物馆看完书出来，走在仁爱路的椰林大道上，林海音看着在微风中摇曳的椰子树，想到自己似熟悉又陌生的家乡是如此美丽，心里却很焦急，不断地告诉自己，孩子这么小，要努力啊，得找工作啊！忧愁不禁袭上心头。

她很快地就重拾写作之笔，到台湾的第一年，她写了近百篇文章，大部分是有关台湾民俗风情的。一九五一年夏天，“台湾青年文化协会”主办了一个“夏季乡土史讲座”，林海音报名参加，是全团唯一的女性，也是最认真学习的学员之一。当时的讲师有杨云萍、黄得时、戴炎辉、卫惠林、方豪等学者。那是个开卷有益的夏天，从这些课程里，她对台湾有了更深刻的认识，下笔也就更勤了。

从一九五〇年到一九五三年，初抵台湾的四年间，林海音发表了将近三百篇散文和小品文，这一系列介绍台湾民情风土和历史典故的文章，拥有许多读者，尤其受当时从大陆来台的外省读者欢迎。收在本书“第二辑台湾”中的二十多篇文章，就是从中选出来的。

少小离家老大回，亲友接风叙旧，对她乡音未改很欣慰。而林海音常常不自觉地拿台湾和她生活了二十五年的北平作比较。台湾四季绿油油，但绿的颜色看多了，她竟觉得很闷慌；她是那么怀念四季分明的北平：冬天的枯枝、白雪，秋天的红叶，还有那胡同的泥泞、尘土，都使她忘不了。

她不敢想北平，也不敢想在那儿的亲人朋友，她说："想起北平，就像丢下什么东西没有带来，实在因为住在那个地方太久了，就像树生了根一样。"

有一天，朋友给她带来一张北平地图，客人走了，夜深人静，她一个人在灯下，细细地看地图上的每条胡同、每条街，牵回自己的童年。

于是，她把思念转成文字，写了一篇又一篇怀念北平的文章。收入本书"第一辑北平"中的作品，就是那时写成的，写作时间从一九五九年到一九六四年，就在同时期，她还完成了另一本回忆童年的自传体经典小说《城南旧事》。

写怀念北平及童年文章时，林海音离开北平已经有十几个年头了，但仍保有许多生动的北京语言，像"老肥老肥""车轱辘话""心气儿这么高""多咱""数叨""磕膝盖""成年价"等。这些质朴透明的北京话，就像树生了根一样，永植她的心里，下笔时很自然地流泻出来。

一九九九年春天，我应台北天下远见出版公司之邀，撰写母亲的传记——《从城南走来——林海音传》。我从定居的澳大利亚飞到北京，追寻母亲在城南二十五年的岁月。著名的京味作家老舍的儿子、北京中国现代文学馆馆长舒乙谈到这些年他与母亲接触的感受时说：

“林先生的北京话没变，也没少，原样儿，整个儿一个原汤原汁，和四十多年前的老北京话一模一样，让人在惊讶中有一种久违的狂喜。她一会儿蹦出个老词儿，感动得老北京们一阵儿叫好，把她当成最大的知己。”

今天北京胡同里学生说的话在变，但林海音的作品却保留了那个时代、那个阶层人的语言，这点是很重要的。

林海音到底是个北平化的台湾作家，还是台湾化的北平作家？这是个颇饶趣味的问题，文学评论家叶石涛说：“事实上，她没有上一代人的困惑或怀疑，她已经没有地域观念，她的身世和遭遇替她解决了大半无谓纷扰，在这一点上而言，她是十分幸运的。”

《两地》虽不是母亲的第一本书，却是她最重要的作品之一，因为书中收录了她自一九四八年回到台湾后的最早作品，我们可从中看到她早年的生活和心情。

《两地》出版于一九六六年，那年母亲四十八岁，正值写作编辑最旺盛的时期。四十年后的现在，三民书局重排这本书，母亲已离开人世整整三年了。四十年前，当时习惯称北京为北平，而母亲在“自序”中说：“总希望有一天喷气机把两个地方连接起来，像台北到台中那样，朝发而午至，可以常常来往，那时就不会有心悬两地的苦恼了。”又说：“台湾和北平是我喜欢的少数中国的一省和一特别市。”都是以文学的笔触书写心念两地故乡的心情。四十年后的今天，世事变迁，若以政治角度来解读，那就大相径庭了，这点值得好好深思。

三民书局编辑嘱我写篇重排序言，我在南半球的家中校阅本书时，常常会随着母亲的文字，悠悠然回到我们住了二十五年的台北城南日式小屋，仿佛看到母亲正在灯下埋首写作的身影，心中不禁充满对父母亲及那段岁月的怀念和回忆。

夏祖麗

二〇〇五年元旦写于墨尔本

自 序

“两地”是指台湾和北平。台湾是我的故乡，北平是我长大的地方。我这一辈子没离开过这两个地方。

民国三十七年底，我返回台湾，第二年进《国语日报》做编辑，附带主编一个叫《周末》的文艺性周刊。那时的《国语日报》没有今天这么神气，每个星期为了填满这个没有稿费的周刊，自己总要写些文章。我便在那个时期写了许多台湾风土人情的小文，都是听到的、看到的，随手记了下来。材料很多，写作欲也很强，剪报留到今天，纸都发黄变脆了。

北平是我住了四分之一世纪的地方。读书、做事、结婚都在那儿。度过的金色年代，可以和故宫的琉璃瓦互映，因此我的文章自然离不开北平。有人说我“比北平人还北平”，我觉得颂扬得体，听了十分舒服。当年我在北平的时候，常常幻想自小远离的台湾是什么样子，回到台湾一十八载，却又时时怀念北平的一切，不知现在变了多少了？总希望有一天喷气机把两个地方连接起来，像台北到台中那样，朝发而午至，可以常来常往，那时就不会有心悬两地的苦恼了。人生应当如此，我相信早晚会做到的。

平日以出版法律政治经济为主的三民书局，这次要出版文艺丛书，向我要稿子；因此把和台湾、北平有关的散文集为此书，名曰《两地》，是从最早一九五〇年一月，到最新今年（一九六六年）的八月，这十六年里我的作品中选出来的。台湾和北平是我喜欢的中国的一省和一特别市，我以能和这两个地方结不解之缘为幸为荣，并相信和我同感的人，一定不少。那么，为他们出一本书，也就理所当然了。

林海音

一九六六年十一月二十三日于台北

目录

第一辑　北平

北平漫笔

秋的气味

秋天来了，很自然地想起那条街——西单牌楼。

无论从哪个方向来，到了西单牌楼，秋天，黄昏，先闻到的是街上的气味。炒栗子的香味弥漫在繁盛的行人群中，赶快朝向那熟悉的地方看去，和兰号的伙计正在门前炒栗子。和兰号是卖西点的，炒栗子也并不出名，但是因为它在街的转角上，首当其冲，就不由得就近去买。

来一斤吧！热栗子刚炒出来，要等一等，倒在箩中筛去裹糖汁的砂子。在等待秤包的时候，另有一种清香的味儿从身边飘过，原来眼前街角摆的几个水果摊子上，啊！枣、葡萄、海棠、柿子、梨、石榴……全都上市了。香味多半是梨和葡萄散发出来的。沙营的葡萄，黄而透明，一撅两截，水都不流，所以有“冰糖包”的外号。京白梨，细而嫩，一点儿渣儿都没有。“鸭儿广”柔软得赛豆腐。枣是最普通的水果，郎家园是最出名的产地，于是无枣不郎家园了。老虎眼、葫芦枣、酸枣，各有各的形状和味道。“喝了蜜的柿子”要等到冬季，秋天上市的是青皮的脆柿子，脆柿子要高桩儿的才更甜。海棠红着半个脸，石榴笑得露出一排粉红色的牙齿。这些都是秋之果。

抱着一包热栗子和一些水果，从西单向宣武门走去，想着回到家里在窗前的方桌上，就着暮色中的一点光亮，家人围坐着剥食这些好吃的东西的快乐，脚步不由得加快了。身后响起了当当的电车声，五路车快到宣武门的终点了。过了绒线胡同，空气中又传来了烤肉的香味，是安儿胡同口儿上，那间低矮窄狭的烤肉宛上人了。

门前挂着清真的记号，他们是北平许多著名的清真馆子中的一个，秋天开始，北平就是清真馆子的天下了。矮而胖的老五，在案子上切牛羊肉，他的哥哥老大，在门口招呼座儿，他的两个身体健康、眼睛明亮、充分表现出伊斯兰教青年精神的儿子，在一旁帮着和学习着剔肉和切肉的技术。炙子上烟雾弥漫，使原来就不明的灯更暗了些，但是在这间低矮、烟雾的小屋里，却另有一股温暖而亲切的感觉，使人很想进去，站在炙子边举起那两根大筷子。

老五是公平的，所以给人格外亲切的感觉。这原来只是一间包子铺，供卖附近居民和路过的劳动者一些羊肉包子。渐渐地，烤肉出了名，但并不因此改变对主顾的态度。比如说，他们只有两个炙子，总共也不过能围上一二十人，但是一到黄昏，一批批的客人来了，坐也没地方坐，一时也轮不上吃，老五会告诉客人，再等二十几位，或者三十几位，那么客人就会到西单牌楼去绕个弯儿，再回来就差不多了。没有登记簿，他们却是丝毫不差地记住了前来后到的次序。没有争先，不可能插队，一切听凭老大的安排，他并没有因为来客是坐汽车的或是拉洋车的，而有什么区别，这就是他的公平和亲切。

一边手里切肉一边嘴里算账，是老五的本事，也是艺术。一碗肉，一碟葱，一条黄瓜，他都一一唱着钱数加上去，没有虚报，价钱公道。在那里，房子虽然狭小，却吃得舒服。老五的笑容不多，但他给你的是诚朴的感觉，在那儿不会有吃得惹气这种事发生。

秋天在北方的故都，足以代表季节变换的气味的，就是牛羊肉的膻和炒栗的香了！

（一九六一年十月三十日）

男人之禁地

很少——简直没有——看见有男人到那种店铺去买东西的。做的是妇女的生意，可是店里的伙计全是男人。

小孩的时候，随着母亲去的是前门外煤市街的那家，离六必居不远，冲天的招牌，写着大大的“花汉冲”的字样，名是香粉店，卖的除了妇女化妆品以外，还有全部女红所需用品。

母亲去了，无非是买这些东西：玻璃盖方盒的月中桂香粉，天蓝色瓶子广生行双妹嚜的雪花膏（我一直记着这个不明字义的“嚜”字，后来才知道它是译英文商标 Mark 的广东造字），猪胰子（通常是买给宋妈用的)。到了冬天，就会买几个瓯子油(以蛤蜊壳为容器的油膏)，分给孩子们每人一个，有着玩具和化妆品两重意义。此外，母亲还要买一些女红用的东西：十字绣线、绒鞋面、钩针等，这些东西男人怎么会去买呢?

母亲不会用两根竹针织毛线，但是她很会用钩针织。她织的最多的是毛线鞋，冬天给我们织墨盒套。绣十字布也是她的拿手，照着那复杂而美丽的十字花样本，数着细小的格子，一针针、一排排地绣下去。有一阵子，家里的枕头套、妈妈的钱袋、妹妹的围嘴儿，全是用十字布绣花的。

随母亲到香粉店的时期过去了，紧接着是自己也去了。女孩子总是离不开绣花线吧！小学三年级，就有缝纫课了。记得当时男生是在一间工作室里上手工课，要的不是锯子就是锉子；女生是到后面图书室里上缝纫课，第一次用绣线学“拉锁”，红绣线把一块白布拉得抽抽皱皱的，后来我们学做婴儿的蒲包鞋，钉上亮片，滚上细绦子，这些都要到像花汉冲这类的店去买。

花汉冲在女学生的眼里，是嫌老派了些，我们是到绒线胡同的瑞玉兴去买。瑞玉兴是西南城出名的绒线店，三间门面的楼，它的东西摩登些。

我一直是女红的喜爱者，这也许和母亲有关系，她那些书本夹了各色丝线。端午节用丝绒缠的粽子，毛线钩的各种鞋帽，使得我浸湎于精巧、色彩、种种缝纫之美里，所以养成了家事中偏爱女红甚于其他的习惯。

在瑞玉兴选择绣线是一种快乐。粗粗的日本绣线最惹人喜爱，不一定要用它，但喜欢买两扎带回去。也喜欢选购一些花样儿，用誊写纸描在白府绸上，满心要绣一对枕头给自己用，但是五屉柜的抽屉里，总有半途而废的未完成的杰作。手工的制品，不是一朝一夕可以完成的，从一堆碎布，一卷纠缠不清的绣线里，也可以看出一个女孩子有没有恒心和耐性吧。我就是那种没有恒心和耐性的！每一件女红做出来，总是有缺点，比如毛衣的肩头织肥了，枕头的四角缝斜了，手套一大一小，十字布的格子数错了行，对不上花，抽纱的手绢只完成了三面等。

但是瑞玉兴却是个难忘的店铺，想到为了配某种颜色的丝线，伙计耐心地从楼上搬来了许多小竹帘卷的丝线，以供挑选，虽然只花两角钱买一小扎，他们也会把客人送到门口，那才是没处找的耐心哪！

（一九六一年十一月二日）

换洋取灯儿的

“换洋取灯儿啊！”

“换榧子儿呀！”

很多年来，就是个熟悉的叫唤声，它不一定是出自某一个人，叫唤声也各有不同，每天清晨在胡同里，可以看见一个穿着褴褛的老妇，背着一个筐子，举步蹒跚。冬天的情景，尤其记得清楚，她头上戴着一顶不合体的、哪儿捡来的毛线帽子，手上戴着露出手指头的手套，寒风吹得她流出了一些清鼻涕。生活看来是很艰苦的。

是的，她们原是不必工作就可以食廪粟的人，今天清室没有了，一切荣华优渥的日子都像梦一样永远永远地去了，留下来的是面对着现实的生活！

像换洋取灯的老妇，可以说还是勇于以自己的劳力换取生活的人，她不必费很大的力气和本钱，只要每天早晨背着一个空筐子以及一些火柴、榧子儿、刨花就够了，然后她沿着小胡同这样地叫唤着。

家里的废物：烂纸、破布条、旧鞋……一切可以扔到垃圾堆里的东西，都归宋妈收起来，所以从“换洋取灯儿”那里换来的东西也都归宋妈。

一堆烂纸破布，就是宋妈和换洋取灯儿的老妇争持的焦点，甚至连一盒火柴、十颗榧子儿的生意都讲不成也说不定呢！

丹凤牌的火柴，红头儿，盒外贴着砂纸，一擦就迸出火星，一盒也就值一个铜子儿。榧子儿是像桂圆核儿一样的一种植物的实，砸碎它，泡在水里，浸出黏液，凝滞如胶。刨花是薄木片，作用和榧子儿一样，都是旧式妇女梳头时用的，等于今天妇女做发后的“喷胶水”。

这是一笔小而又小的生意，换人家里的最破最烂的小东西，来取得自己最低的生活，王孙没落，可以想见。

而归宋妈的那几颗榧子儿呢，她也当宝贝一样，家里的烂纸如果多了，她也就会攒了更多的洋火和榧子儿，洋火让人捎回乡下她的家里。榧子儿装在一只妹妹的洋袜子里（另一只一定是破得不能再缝了，换了榧子儿）。

宋妈是个干净利落的人，她每天早晨起来把头梳得又光又亮，抿上了泡好的刨花或榧子儿，胶住了，做一天事也不会散落下来。

火柴的名字，那古老的城里，很多很多年来，都是被称作“洋取灯儿”，好像到了今天，我都没有改过口来。

“换洋取灯儿”的老妇人，大概只有一个命运最好的。很小就听说，四大名旦尚小云的母亲是“换洋取灯儿”的。有一年，尚小云的母亲死了，出殡时沿途许多人围观，我们住在附近，得见这位老妇人的死后哀荣。在舞台上婀娜多姿的尚小云，丧服上是一个连片胡子的脸，街上的人都指点着说，那是一个怎样的孝子，说那死者是个怎样出身的有福老太太。

读过唯有的一篇描写一个这样女人的恋爱小说，是许地山写的《春桃》。

（一九六一年十一月四日）

看 华 表

不知为什么，每次经过天安门前的华表时，从来不肯放过它，总要看一看。如果正挤在电车里（记得吧，三路和五路都打这里经过），也要从人缝里向车窗外追着看；坐着洋车经过，更要仰起头来，转着脖子，远看、近看、回头看，一直到看不见为止。

假使是在华表前的石板路上散步（多么平坦、宽大、洁净的石板），到了华表前，一定会放慢了步子，流连鉴赏。从华表的下面向上望去，便体会到“一柱擎天”的伟观。啊！无云的碧空，衬着雕琢细致、比例匀称的汉白玉的华表，正是自然美和人工美的伟大结合。它的背后衬的是朱红色的天安门的墙，这一幅图，布局的美丽、颜色的鲜明，印在脑中，是不会消失的。

有趣的是，夏天的黄昏，华表下面的石座上，成为纳凉人的最理想的地方。石座光滑洁净，坐上去，想必是凉森森的十分舒服。地方高敞，赏鉴过往漂亮的男女（许多是去游附近的中山公园），像在体育场的贵宾席上一样。华表旁，有一排马樱花，它的甜香随着清风扑鼻而来，更是一种享受。

我爱看华表，和它的所在地也很有关系，因为天安门不但是北平的市中心，而且正是通往东西南城的要冲。往返东西城时，到了天安门就会感觉到离目的地不远了。往南去前门，正好从华表左面不远转向公安街去。庄严美丽的华表站在这里，正像是一座里程碑，它告诉你，无论到什么地方，都不远了。

说它是里程碑，也许不算错，古时的华表，原是木制的，它又名表木，是以表王者纳谏，亦以表通衢要道，正是一个有意义的象征啊！

（一九六一年十一月五日）

蓝布褂

竹布褂儿，黑裙子，北平的女学生。

一位在南方生长的画家，有一年初次到北平。住了几天之后，他说，在上海住了这许多年，画了这许多年，他不喜欢一切蓝颜色的布。但是这次到了北平，竟一下子改变了他的看法，蓝色的布是那么可爱，北平满街骑车的女学生，穿了各种蓝色的制服，是那么可爱！

刚一上中学时，最高兴的是换上了中学女生的制服，夏天的竹布褂，是月白色——极浅极浅的蓝，烫得平平整整；下面是一条短齐膝盖头的印度绸的黑裙子，长筒麻纱袜子，配上一双刷得一干二净的篮球鞋。用的不是手提的书包，而是把一叠书用一条捆书带捆起来。短头发，斜分，少的一边撩在耳朵后，多的一边让它半垂在鬓边，快盖住半只眼睛了。三五成群，或骑车或走路。哪条街上有个女子中学，那条街就显得活泼和快乐，那是女学生的青春气息烘托出来的。

北平女学生冬天穿长棉袍，外面要罩一件蓝布大褂，这回是深蓝色。谁穿新大褂每人要过来打三下，这是规矩。但是那洗得起了白碴儿的旧衣服也很好，因为它们是老伙伴，穿着也合身。记得要上体育课的日子吗？棉袍下面露出半截白色剔绒的长运动裤来，实在是很难看，但是因为人人这么穿，也就不觉得丑了。

阴丹士林布出世以后，女学生更是如狂地喜爱它。阴丹士林本是人造染料的一种名称，原有各种颜色，但是人们嘴里常常说的“阴丹士林色”多是指的青蓝色。它的颜色比其他布，更为鲜亮，穿一件阴丹士林大褂，令人觉得特别干净、平整。比深蓝浅些的“毛蓝”色，我最喜欢，夏秋或春夏之交，总是穿这个颜色的。

事实上，蓝布是淳朴的北方服装特色。在北平住的人，不分年龄、性别、职业、阶级，一年四季每人都有几件蓝布服装。爷爷穿着缎面的灰鼠皮袍，外面罩着蓝布大褂；妈妈的绸里绸面的丝棉袍外面，罩的是蓝布大褂；店铺柜台里的掌柜的，穿的布棉袍外面，罩的也是蓝布大褂，头上还扣着瓜皮小帽；教授穿的蓝布大褂的大襟上，多插了一只自来水笔，头上是藏青色法国小帽，学术气氛！

阴丹士林布做成的衣服，洗几次以后，缝线就变成很明显的白色了，那是因为阴丹士林布不褪色而线褪色的缘故。这可以证明衣料确是阴丹士林布，但却不知为什么一直没有阴丹士林线。

忽然想起守着窗前方桌上缝衣服的大姑娘来了。一次订婚失败而终身未嫁的大姑娘，便以给人缝衣服，靠微薄的收入，养活自己和母亲。我们家姊妹多，到了秋深添置衣服的时候，妈妈总是买来大量的阴丹士林布，宋妈和妈妈两人做不来，总要叫我去把大姑娘找来。到了大姑娘家，大姑娘正守着窗儿缝衣服，她的老妈妈驼着背，咳嗽着，在屋里的小煤球炉上烙饼呢！

大姑娘到了我家里，总要待一下午，妈妈和她商量裁剪，因为孩子们是一年年地长高了。然后她抱着一大包裁好了的衣服回去赶做。

那年离开北平经过上海，住在娴的家里等船。有一天上街买东西，我习惯地穿着蓝布大褂，但是她却教我换一件呢旗袍，因为穿了蓝布大褂上街买东西，会受店员歧视。在“只认衣裳不认人”的洋场，“自取其辱”是没人同情的啊！

（一九六一年十一月八日）

排队的小演员

听复兴剧校叶复润[①]的戏，身旁有人告诉我，当年富连成科班里也找不出一个像叶复润这样小年纪，便有这样成就的小老生。听说叶复润只有十四足岁，但无论是唱功，是做派，都超越了一般“小孩戏剧家”的成绩。但是在那一群孩子里，他却特别显得瘦弱、矮小。固然唱老生的外形要“清癯”才有味道，但是对于一个正在发育期的小孩子，毕竟是不健康的。剧校当局是不是注意到每一个发育期的孩子的健康呢？

这使我不由得想起当年家住在虎坊桥大街上的情景。

虎坊桥大街是南城一条重要的大街，是通往许多繁荣地区的必经之路。幼年幸运地曾在这条街上住了几年，也是家里最热闹的时期。这条大街上有小学、会馆、理发馆、药铺、棺材铺、印书馆，还有一

① 原名叶树润，京剧老生。为台湾复兴剧校第一期学生，从台湾四大著名老生之一的周正荣学艺。

个造就了无数平剧[1]人才的富连成科班。

富连成只在我家对面再往西几步的一个大门里。每天晚饭前后的时候，他们要到前门外的广和楼去唱戏。坐科的孩子按矮高排队，领头儿的是位最高的大师兄，他是个唱花脸的，头上剃着月亮门儿。夏天，他们都穿着月白竹布大褂儿，老肥老肥的，袖子大概要比手长出半尺多。天冷加上件黑马褂儿，仍然是老肥老肥的，袖子比手长出半尺多！

他们出了大门向东走几步，就该穿过马路，而正好就经过我家门前。看起来，一个个是呆板的、迟钝的、麻木的，谁又想到他们到了台上就能演出那样灵活、美丽、勇武的角色呢！

那时的富连成在广和楼演出，这是一家女性不能进去的戏院，而我那时跟着大人们听戏的区域是城南游艺园，或者开明戏院、第一舞台。很早就对于富连成有印象，实在是看他们每天由我家门前经过的关系。等到后来富连成风靡了北平的男女学生，我也不免想到，在那一队我幼年所见到的可怜的孩子群里，不就有李盛藻吗？刘盛莲吗？杨盛春吗？

富连成是以严厉出名的，但是等到以新式学校制度的戏曲学校出现以后，富连成虽仍以旧式教育出名，但是有些地方也不能不改进了。戏曲学校用大汽车接送学生到戏院以后，富连成的排队步行也就不复再见。否则的话，学生戏迷们岂不要每天跟着他们的队伍到

① 即京剧。民国时期称北京为北平，故京剧当时亦称平剧。

戏院去？

而我们那时也搬离开虎坊桥，城南游艺园成了屠宰场，我们听戏的区域也转移到哈尔飞、吉祥，以及长安和新新等戏院了。

（一九六一年十一月九日）

陈谷子、烂芝麻

如姐来了电话，她笑说："怎么，又写北平呀！陈谷子、烂芝麻全掏出来啦！连换洋取灯儿的都写呀！除了我，别人看吗？"

我漫写北平，是为了多么想念她，写一写我对那地方的情感，情感发泄在格子稿纸上，苦思的心情就会好些。不是写要负责的考据或掌故，因此我敢"大胆的假设"。比如我说花汉冲在煤市街，就有细心的读者给了我"小心的求证"，他画了一张地图，红蓝分明地指示给我说，花汉冲是在煤市街隔一条街的珠宝市，并且画了花汉冲的左邻谦祥益布店、右邻九华金店。如姐，谁说没有读者呢？不过读者并不是欣赏我的小文，而是借此也勾起他们的乡思罢了！

很巧的，我向一位老先生请教一些北平的事情时，他回信来说："……早知道这些陈谷子、烂芝麻是有用的话，那咱们多带几本这一类的图书，该是多么好呢！"

原来我所写的，数来数去，全是陈谷子、烂芝麻呀！但是我是多么喜欢这些呢！

陈谷子、烂芝麻，是北平人说话的形容语汇，比如闲话家常，提起早年旧事，最后总不免要说："唉！左不是陈谷子、烂芝麻！"言其陈旧和琐碎。

真正北平味道的谈话，加入一些现成的形容语汇，非常合适和俏皮，这是北平话除了发音正确以外的一个特点，我最喜欢听。想象那形容的巧妙，真是可爱，这种形容词语，很多是用"歇后语"说出来，但是像"陈谷子、烂芝麻"便是直接的形容词，不用歇后语的。

做事故意拖延迟滞，北平人用"蹭棱子"来形容，蹭是摩擦，棱是物之棱角。比如妈妈嘱咐孩子去做一件事，孩子不愿意去，却不明说，只是拖延，妈妈看出来了，就可以责备说："你倒是去不去？别在这儿尽跟我蹭棱子！"

或者做事痛快的某甲对某乙说："要去咱们就痛痛快快儿的去，我可不喜欢蹭棱子！"

听一个说话没有条理的人述说一件事的时候，他反复地说来说去时，便想起这句北平话：

"车轱辘话——来回地说。"

轱辘是车轮。那车轮压来压去，地上显出重复的痕迹，一个人说话翻来覆去，不正是那个样子吗？但是它也运用在形容一个人在某甲和某乙间说一件事，口气反复不明。如："您瞧，他跟您那么说，跟我可这么说！反正车轱辘话，来回说吧！"

负债很多的人，北平人喜欢这样形容：“我该了一屁股两肋的债呀！”

我每逢听到这样形容时，便想象那人债务缠身的痛苦和他焦急的样子。一屁股两肋，不知会说俏皮话儿的北平人是怎么琢磨出来的，而为什么这样形容时，就会使人想到债务之多呢？

（一九六一年十一月十四日）

文 津 街

常自夸说，在北平，我闭着眼都能走回家。其实，手边没有一张北平市区图，有些原来熟悉的街道和胡同，竟也连不起来了。只是走过那些街道所引起的情绪，却是不容易忘记的。就说，冬日雪后初晴，路过架在北海和中海的金鳌玉蛛桥吧，看雪盖满在桥两边的冰面上，一片白，闪着太阳的微微的金光。漪澜堂到五龙亭的冰面上，正有人穿着冰鞋滑过去，飘逸优美的姿态，年轻同伴的朝气和快乐，觉得虽在冬日，也因这幅雪漫冰面的风景，不由得引发起我活跃的心情，赶快回家去，取了冰鞋也来滑一会儿！

在北平的市街里，很喜欢傍着旧紫禁城一带的地方，蔚蓝晴朗的天空下，看朱红的墙；因为唯有在这一带才看得见。家住在南长街的几年，出门时无论是要到东、西、南、北城去，都会看见这样朱红的墙。要到东北的方向去，洋车就会经过北长街转向东去，到了文津街了，故宫的后门，对着景山的前门，是一条皇宫的街，总是静静的，没有车马喧哗，引发起的是思古之幽情。

景山俗称煤山，是在神武门外旧宫城的背面，很少人到这里来逛，人们都拥到附近的北海去了。就像在中山公园隔壁的太庙一样，黄昏时，人们都挤进中山公园乘凉，太庙冷清清的；只有几个不嫌寂寞的人，才到太庙的参天古松下品茗，或者静默地观看那几只灰鹤（人们都挤在中山公园里看孔雀开屏了）。

景山也实在没有什么可“逛”的，山有五峰，峰各有亭，站在中峰上，可以看故宫平面图，倒是有趣的，古建筑很整齐庄严，四个角楼，静静地站在暮霭中，皇帝没有了，他的卧室，他的书房，他的一切，凭块儿八毛的门票就可以一览无余了。

做小学生的时候，高年级的旅行，可以远到西山八大处，低年级的就在城里转，景山是目标之一，很小很小的时候，就年年一次排队到景山去，站在刚上山坡的那棵不算高大的树下，听老师讲解：一个明朝末年的皇帝——思宗，他殉国死在这棵树上。怎么死的？上吊。啊！一个皇帝上吊了！小学生把这件事紧紧地记在心中。后来每逢过文津街，便兴起那思古的幽情，恐怕和幼小心灵中所刻印下来的那几次历史凭吊，很有关系吧！

（一九六一年十一月二十日）

挤老米

读了朱介凡先生的《晒暖》，说到北方话的“晒老爷儿”“挤老米”，又使我回了一次冬日北方的童年。

冬天在北方，并不一定是冷得让人就想在屋里烤火炉，天晴，早上的太阳先晒到墙边，再普照大地，不由得就想离开火炉，还是去接受大自然所给予的温暖吧！

通常是墙角边摆着几个小板凳，坐着弟弟妹妹们，穿着外罩蓝布大褂的棉袍，打着皮包头的毛窝，宋妈在哄他们玩儿。她手里不闲着，不是搓麻绳纳鞋底（想起她那针锥子要扎进鞋底子以前，先在头发里划两下的姿态来了），就是缝骆驼鞍儿的鞋帮子。不知怎么，在北方，妇女有做不完的针线活儿，无分冬夏。

离开了北平，无论到什么地方，都使我莫辨东西，因为我习惯的是古老方正的北平城，它的方向正确，老爷儿（就是太阳）早上是正正地从每家的西墙照起，玻璃窗四边，还有一圈窗户格，糊的是东昌纸，太阳的光线和暖意都可以透进屋里来，在满窗朝日的方桌前，看着妈妈照镜子梳头，把刨花的胶液用小刷子抿到她光洁的头发上。小几上的水仙花也被太阳照到了，它就要在年前年后开放的。长方形的水仙花盆里，水中透出雨花台的各色晶莹的彩石来。在冬日，喜欢摆弄植物的爸爸，用一只清洁的浅瓷盆，铺上一层棉花和水，撒上一些麦粒，每天在阳光照射下，看它们渐渐发芽茁长，生出翠绿秀丽的青苗来，也是冬日屋中玩赏的乐趣。

孩子们的生活当然大部分是在学校，小学生很少烤火炉（中学女学生最爱烤火炉），下课休息十分钟都跑到教室外的操场上。男孩子便成群地拥到有太阳照着的墙边去挤老米，他们挤来挤去，嘴里大声喊着：

“挤呀！挤呀！”

“挤老米呀！”

“挤出屎来喂喂你呀！”

这样又粗又脏的话，女孩子是不肯随便乱喊的。

直到上课铃响了，大家才从墙边撤退，他们已经是浑身暖和，不但一点寒意没有了，摘下来毛线帽子，光头上也许还冒着白色的热气儿呢！

（一九六一年十二月八日）

卖 冻 儿

如果说北平样样我都喜欢，并不尽然。在这冬寒天气，不由得想起了很早便进入我的记忆中的一种人物，便是北平的乞丐。

回忆应当是些美好的事情，乞丐未免令人扫兴，然而他们毕竟是我生活中常见到的人物。

记得有一篇西洋小说，描写一个贫苦的小孩子，因为母亲害病不能工作，他便出来乞讨，他向过路人讲出原委，路人不信，他就带着人到他家里去看看，路人一见果然母病在床，便慷慨解囊了。小孩的母亲从此“弄真成假”，天天假病在床，叫小孩子到路上去带人回来“参观”。这是以小孩和病来骗取同情。像在台北街头，妇人教小孩缠住路人买奖券，便是类似的作风。这使我想起北平一种叫“卖冻儿”的乞丐。

冬寒腊月，天气冷得泼水成冰，“卖冻儿”的（都是男乞丐）出世了，蓬着头发，一脸一身的滋泥儿，光着两条腿，在膝盖的地方，捆上一圈戏报子纸。身上也一样，光着脊梁，裹着一层戏报子纸，外面再披上一两块破麻包。然后，缩着脖子，哆里哆嗦的，牙打着战儿，逢人伸出手来乞讨。以寒冷无衣来博取人的同情与施舍。我从小害怕看那样子，不但不能引起我的同情，反而是憎恶。这种乞丐叫作“卖冻儿”。

最讨厌的是宋妈，我如果爱美不肯多穿衣服，她就讽刺我：

“你这是干吗？卖冻儿呀？还不穿衣服去！”

“卖冻儿”这种乞丐的类型，成了一句北平通用的俏皮话儿了。

卖冻儿的身上裹的戏报子纸，都是从公共广告牌上揭下来的，各戏园子的戏报子，通常都是用白纸红绿墨写成的，每天贴上一张，过些日子，也相当厚了，揭下来，裹在腿上身上，据说也有保温作用。

至于拿着一把破布掸子在人身上乱掸一阵的乞妇，名“掸孙儿”；以砖击胸行乞的，名为“擂砖”。这等等类型的乞丐，我记忆虽清晰，可也是属于陈谷子、烂芝麻，说多了未免令人扫兴，还是不去回忆他们吧！

（一九六一年十二月九日）

台上、台下

礼拜六的下午，我常常被大人带到城南游艺园去。门票只要两毛（我是挤在大人的腋下进去的，不要票），进去就可以有无数的玩处，唱京戏的大戏场，当然是最主要的，但小鸣钟、张笑影的文明戏《锯碗丁》《春阿氏》，也是我喜爱看的戏剧。

文明戏场的对面，就是魔术场，看着穿燕尾服的变戏法儿的，随着音乐的旋律走着一颠一纵前进后退的特殊台步，一面从空空的大礼帽中掏出那么多的东西：花手绢、万国旗、面包、活兔子、金鱼缸，这时乐声大奏，掌声四起，在我小小心灵中，只感到无限的愉悦！觉得世界真可爱，无中生有的东西这么多！

我从小就是一个喜欢找新鲜刺激的孩子，喜欢在平凡的事物中给自己找一些思想的娱乐，所以，在那样大的一个城南游艺园里，不光是听听戏，社会众生相也可以在这天地里看到：美丽、享受、欺骗、势利、罪恶……但是在一个无忧无虑的小女孩的观感中，她又能体会到什么呢？

有些事物，在我的记忆中，清晰得如在眼前一样，大戏场木板屏风后面的角落里，茶房正从一大盆滚烫的开水里，拧起一大把毛巾，送到客座上来。当戏台上是不重要的过场时，茶房便要表演“扔手巾把儿”的绝技了，楼下的茶房，站在观众群中惹人注目的地位，把一大捆热手巾，忽下子，扔给楼上的茶房，或者是由后座扔到前座去，客人擦过脸收集了再扔下来，扔回去。这样扔来扔去，万无一失，也能博得满堂喝彩，观众中会冒出一嗓子：“好手巾把儿！”

但是观众与茶房之间的纠纷，恐怕每天每场都不可免，而且也真乱哄。当那位女茶房硬把果碟摆上来，而我们硬不要的时候，真是一场无趣的争执。茶房看见客人带了小孩子，更不肯把果碟拿走了。可不是，我轻轻地、偷偷地，把一颗糖花生放进嘴吃，再来一颗，再来一颗，再来一颗，等到大人发现时，去了大半碟儿了，这时不买也得买了。

茶，在这种场合里也很要紧。要了一壶茶的大老爷，可神气了，总得发发威风，茶壶盖儿敲得呱呱山响，为的是茶房来迟了，大爷没热茶喝，回头怎么捧角儿喊好儿呢！包厢里的老爷们发起脾气来更有劲儿，他们把茶壶扔飞出去，茶房还得过来赔不是。那时的社会，卑贱与尊贵，是强烈地对比着。

在那样的环境里：台上锣鼓喧天，上场门和下场门都站满了不相干的人，饮场的、检场的、打煤气灯的、换广告的，在演员中穿来穿去。台下则是烟雾弥漫，扔手巾把儿的、要茶钱的、卖玉兰花的、飞茶壶的、怪声叫好的、呼儿唤女的，乱成一片。我却在这乱哄哄的场面下，悠然自得，觉得在我的周围，是这么热闹，这么自由自在。

（一九六二年十二月十五日）

一张地图

瑞君、亦穆夫妇老远地跑来了，一进门瑞君就快乐而兴奋地说：

“猜，给你带什么来了？”

一边说着，她打开了手提包。

我无从猜起，她已经把一叠纸拿出来了：

“喏！”她递给了我。

打开来，啊！一张崭新的北平全图！

“希望你看了图，能把文津街、景山前街连起来，把东西南北方向也弄清楚。”

“已经有细心的读者告诉我了，”我惭愧（但这个惭愧是快乐的）地说，“并且使我在回忆中去了一次北平图书馆和北海前面的团城。”

在灯下，我们几个头便挤在这张地图上，指着、说着。熟悉的地方，无边地回忆。

“喏，”瑞妹说，“曾在黄化门住很多年，北城的地理我才熟。”

于是她说起黄化门离帘子库很近，她每天上学坐洋车，都是坐停在帘子库的老尹的洋车。老尹当初是前清帘子库的总管，现在可在帘子库门口拉洋车。她们坐他的车，总喜欢问他哪一个门是当初的帘子库，皇宫里每年要用多少帘子？怎么个收藏法？他也得意地说给她们听，温习着他那些一去不回的老日子。

在北平，残留下来的这样的人物和故事，不知有多少。我想起我工作过的大学里的一个人物。校园后的花房里，住着一个“花儿把式”（新名词：园丁。说俗点儿：花儿匠），他镇日与花为伍，花是他的生命。据说他原是清皇室的一位公子哥儿，生平就爱养花，不想民国后，面对现实生活，他落魄得没办法，最后在大学里找到一个园丁的工作，总算是花儿给了他求生的路子，虽说惨，却也有些诗意。

整个晚上，我们凭着一张地图都在说北平。客人走后，家人睡了，我又独自展开了地图，细细地看着每条街、每条胡同，回忆是无法记出详细年月的，常常会由一条小胡同、一个不相干的感触，把思路牵回到自己的童年，想起我的住室，我的小床，我的玩具和伴侣……一环跟着一环，故事既无关系，年月也不衔接，思想就是这么个奇妙的东西。

第二天晏起了，原来就容易发疼的眼睛，因为看太久那细小的地图上的字，就更疼了！

（一九六一年十二月二十五日）

文华阁剪发记

文华阁有一个小徒弟，他管给客人打扇子。客人多了，他就拉屋中间那块大布帘子当风扇；他一蹲，把绳子往下一拉，布帘子给东边的一排客人扇一下。他再一蹲，一拉，布帘子又给西边的客人扇一下。夏天的晌午，天气闷热，小徒弟打盹儿了，布帘子一动也不动，老师傅给小徒弟的秃瓢儿上，一脑勺子，"叭"！好结实的一响，把客人都招笑了。这是爸爸告诉我的，爸爸一个月要去两次文华阁，他在那里剃头、刮脸、掏耳朵。

现在我站在文华阁门口了。五色珠子穿成的门帘，上面有"文华"两个字，我早会念了，我现在三年级。今天我们小学的韩主任，把全校女生召集到风雨操场，听他训话。他在台上大声地说：

"古人说，身体发肤受之父母，不可毁伤。各位女同学，你们的头发，也是从父母的身体得来，最好不要剪，不要剪……"

我不懂韩主任的话，但是我们班上已经有两个女生把辫子剪去了，她们臭美得连人都不爱理了，好像她们是天下第一时髦的人。现在可好了，韩主任说不许剪，看怎么办！大家都回过头看她们。可是，剪了辫子到底是什么样子呢？如果我也剪了呢？

韩老师正向我微微笑。她站在风雨操场的窗子外，太阳光照在她蓬松的头发上，韩老师没有剪发，她梳的是面包头，她是韩主任的女儿，教我们跳舞。韩主任一定也不许他的女儿剪发，我喜欢韩老师，所以我也不能剪。

但是我的辫子这样短，这样黄，它垂在我的背后，宋妈说，就像在土地庙买的那条小黄狗的尾巴，所以她很不爱给我梳。早晨起床，我和妹妹打架，为了抢着要宋妈第一个给梳辫子。宋妈说："真想赌气连你们的两条狗尾巴剪了去，我省事，也省得姐儿俩睁开眼就打架！"

我站在文华阁的玻璃窗前向里看，布帘子风扇不扇了，小徒弟在给一位客人递热手巾，他把那热手巾敷在客人脸上，一按一按的手巾上冒着热气。我仔细一看，那客人原来是爸爸！他常常刮了胡子总要这么做的，我知道，热手巾拿开，就可以看见爸爸的嘴上是又红又亮的，但是我要赶快赶回家去了，不要让爸爸看见我。他常对我说："放学回家走在路上，眼睛照直地向前看，向前走，别东张西望，别回头，别用手去摸电线杆子，别在卖吃的摊子前面停下来，别……"可是照着爸爸的话做真不容易，街上可看的东西太多了，我要看墙上贴的海报，今天晚上开明戏院是什么戏？我要看跪在道边的要饭的，铁罐里人家给扔了多少钱？我要看卖假人参的，怎么骗那乡下佬？我要看卖落花生的摊子，有没有我爱吃的半空儿①？我要看电线杆子，上面贴着那张"天皇皇地皇皇我家有个爱哭郎"的红纸条。

① 由花生里剔出来的颗粒不饱满的瘪壳花生，价格比花生便宜得多。

我今天更要看看街上的女人，有几个剪了头发的？

我躲开文华阁，朝前走几步，再停下来站在马路沿上，眼前这个和我一般大的小姑娘，她扎着红辫根，打着刘海儿，并没有剪发；马路边上走过一个老太婆，她的髻上扣着一个壳儿，插着银耳挖子，上面有几张薄荷叶，她能不能剪发呢？又过去一个大女学生，她穿着黑裙子，琵琶襟的竹布袦，头上梳的是蓬蓬的横S头，她还有多久才剪发？

我看来看去，街上没有走过一个剪发的。

回到家里来，宋妈一迎面就数叨我：

“看你的辫子，早晨梳得紧扎的，这会儿呢，散得快成了哪吒啦！”

宋妈总是这么嫌恶我的辫子，有本事就给我剪了呀！敢不敢？要是真给我剪，我就不怕！不怕同学笑我，不怕出门让人看见，不怕早上梳不上辫子。可是我就是不剪！妈剪我就剪。爸爸叫我剪我就剪。韩老师剪我也剪。宋妈叫我剪，不算！

宋妈要是剪了发，会成什么样儿？真好笑！宋妈的髻儿上插着一根穿着线的针，她不能剪，她要剪了头发，那根针往哪儿插啊？真好笑！

“笑什么？”宋妈纳闷儿地看着我。

“管哪！笑你的破髻儿，笑你要是剪了发成什么样儿！你不会像哪吒，一定是像一只秃尾巴鹌鹑！”

走进房里，妈妈一边喂瘦鸡妹妹吃奶，一边在穿茉莉花。小小白白的茉莉花还没有开，包在一张叶子里，打开来，清香清香的。妈妈把它们一朵朵穿在做好的细铁丝上，她说："英子，我一枝，你两枝。"

"为什么？"

"忘了吗？今天谁要结婚？"

"张家的三姨呀！"

"是嘛！带你去见见世面。"

"三姨在女高师念书。"

"是呀！会有好多漂亮的女学生，你不是就喜欢比你大的姐姐们吗？"

"嗽。"我想了想，不由得问，"为什么我要两枝茉莉花？"

"也是给你打扮打扮呀！下午叫宋妈给你梳两个抓髻，插上两排茉莉花，才好看。"妈妈说完看着我的脸、我的头发。她一定在想，怎么把哪吒打扮成何仙姑呢？

可是我想起那些漂亮的大女学生来了，便问妈妈："妈，那些女学生剪了头发没有？"

"剪没剪，我怎么知道！"

"张家的三姨呢？她梳什么头？"

"她今天是新式结婚，什么打扮，我可也不知道。可是三姨是时髦的人，是不是？说不定剪了头发呢！"妈妈点点头，好像忽然明白了的样子。

"妈，您说三姨要是剪了发，是什么样子呢？"

妈妈笑了："我可想不出。"她又笑了："真的，三姨要是剪了发，是什么样子呢？”

“妈，”我忍不住了，“我要是剪了头发什么样子？”我站直了，脸正对妈妈，给她看。我不知道我为什么这么忍不住，说出这样的话。

妈“嗯”了一声，奇怪地看着我。

“妈，”我的心里好像有一堆什么东西在跳，非要我跳出这句话，“妈，我们班上已经有好多人剪了辫子了。”

“有多少？”妈问我。

其实只有两个，但是我说：“有好几个。”

“几个？”妈逼着问我。

“嗯——有五六个人都想去剪了。”我说的到底是什么话，太不清楚，但是妈妈没注意，可是她说：“你也想剪，是不是？”

我用手拢拢我的头发。我想剪吗？我说不出我是不是想剪，可是我在想着文华阁的小徒弟扇布帘子的样子，我笑了。

妈妈也笑了，她说：“想剪了，是不是？我说对了。”

“不！”真的，我笑的是那小徒弟呀，可是，妈妈既然说了我剪头发的事，那么，我就说：“是您答应叫我剪，是不是？”

“瞎说，我什么时候答应你的。”

“刚才。”

宋妈进来了，我赶忙又说：“宋妈，妈妈要让我剪头发。”

“这孩子！”妈妈说话没有我快，我抢了先，妈妈简直就没办法了。

“你爸爸答应了吗?”宋妈总是比我还要厉害。

“那——”我摇着身子，不知该怎么说。

真的，爸爸最没准儿，他有时候说，他去过日本，最开通；他有时候又说，中国老规矩怎么样怎么样的。他赞成不赞成剪头发呢？他觉得我如果剪去辫子是开通呢，还是没规矩了呢？

宋妈看我在发愣吧，她“哼”地冷笑了一声说：“只要打通了你爸爸那一关。”

“可是你也说不愿意给我梳辫子，要剪去我的头发来着。”

“喝！你倒赖上了，你想要时髦，就赖是俺们要你剪的，你多机灵呀!”

我本来并没有想剪辫子，韩主任也不让我们剪，韩老师也还没有剪，可是，这会子我的心气儿全在剪头发上了，我恨不得马上到文华阁去，坐在那高椅子上，“嘎噔”一下子，就把我的辫子剪下来。然后，我穿了新衣服新鞋子，去看张家三姨结婚，让那么多人都看见我已经剪了辫子啦!

“你说给她剪了好不好?”妈竟跟宋妈要起主意来了。

“剪了倒是省事，我在街上也看见几个女学生剪了的。可就是——”宋妈冲着我，“赶明儿谁娶你这秃尾巴呀!”

“讨厌，我才不嫁人!”

“只要打通了你爸爸那一关，我还是这句话。”宋妈又提起爸爸。

“妈，”我腻着妈妈，“您跟爸爸说。”

“我不敢。”妈妈笑了。

“宋妈，你呢？”我简直要求她们了，我要剪头发的心气儿是这么高，简直恨不能一时剪掉了。

“你妈都不敢，我敢？谁敢跟你们家的阎王爷说话。”

“我自己去！”我发了狠，我就是我们家的阎王爷！

妈妈挠不过我，终于答应了，妈说，就趁着爸爸不在家去剪吧，剪了再说。

爸爸这时早已离开文华阁去上班了，我知道的。妈妈带着我，宋妈抱着瘦鸡妹妹，领着弟弟，我们一大堆人，来到了文华阁。

文华阁的大师傅看见来了一群女人和小孩，以为是给弟弟剃头，他说：

“小少爷，你爸爸刚刮了脸上衙门啦！来，坐这个高凳儿上剃。”

“不是，是这个，我的大女儿要剪发。”

“哦？”大师傅愣了一下，小徒弟也停住了打扇子，别的二师傅、三师傅也都围过来了，只有一个客人在理发，他也回头过来。

“没人在你们这儿剪过吗？我是说女客。”妈问大师傅。

“有有有。”大师傅大概怕生意跑了，但是他又说，“前儿个有个女学生剪辫子，咱们可没敢下剪子，是让她回家把辫子剪了，咱们再给理的发。”

“啾，”妈妈又问，“那就是得我们自己把辫子剪下来？”

“那倒也不是这么说，那个女学生自己来的，这年头儿，维新的事儿，咱们担不了那么大沉重。您跟着来，还有什么错儿吗？”

“那个女学生，剪的是什么样式？”妈妈再问。

“我给她理的是上海最时兴的半破儿。”大师傅嘴这么一吹。

“半破儿？什么叫半破儿？”还是妈妈的问题，真啰唆。

“那，”大师傅拿剪刀比画着，“前头儿随意打刘海儿、朝后拢都可以，后头，就这么，拿推子往上推，再打个圆角，后脖上的短毛都理得齐齐的。啧！”他得意地自己啧啧起来了。

“那好吧，你就给我的女儿也剪个半怕丫。”

妈妈的北京话，真是！

我坐上了高架椅，他们把我的辫子解散开来了，我从镜子里看见小徒弟正瞪着我，他顾不得拉布帘子了。我好热，心也跳。

白围巾围上了我的脖子，辫子的影子在镜子里晃，剪子的声音在我耳边响，我有点害怕，大师傅说话了：“大小姐，可要剪啦！”

我伸手一把抓住了我的散开的头发，喊：“妈——”

妈妈说：“要剪就剪，别三心两意呀！”

好，剪就剪，我放开了手，闭上眼睛，听剪刀在我后脖上响。他剪了梳，梳了剪，我简直不敢睁开眼睛看。可是等我睁开了眼，朝镜子里一看，我不认识我了！我变成一个很新鲜、很可笑的样子。可不是，妈妈和宋妈也站在我的背后朝镜子里的我笑。是好看，还是不好看呢？她们怎么不说话？

大师傅在用扑粉掸我的脖子和脸，好把头发碴儿掸下去，小徒弟在为我打那布扇子，一蹲，一拉。我要笑了，因为瞧小徒弟那副傻相儿！窗外街上也有人探头在看我，我怎么出去呢？满街的人都看着我一个人，只为我剪去了辫子，并且理成上海时兴样儿——半破儿！

我又快乐又难过，走回家去，人像是在飘着，我躲在妈妈和宋妈的中间走。我剪了发是给人看的，可是这会子我又怕人看。我希望明天早晨到了班上，别的女同学也都剪了，大家都一样就好了，省得男生看我一个人。可是我还是希望别的女生没有剪，好让大家看我一个人。

现在街上的人有没有看我呢？有，干货店伙计在看我，杭州会馆门口站着的小孩儿在看我，他们还说："瞧！"我只觉得我的后脖子空了，风一阵来一阵去的，好像专往我的脖子吹，我想摸摸我的后脑勺秃成什么样子，可又不敢。

回到家里，我又对着镜子照，我照着想着，想到了爸爸，就不自在起来了，他回家要怎么样地骂我呢？他也会骂妈妈，骂宋妈，说她们不该带我去把辫子剪掉了，那还像个女人吗？唉！我多不舒服，所以我不笑了，躲在屋里。

妈妈叫我我也听不见，宋妈进来笑话我："怎么？在这儿后悔哪！"

然后，我听见洋车的脚铃铛响，是爸爸下班回来了，怎么办呢？我不出屋子了，我不去看三姨结婚了，我也不吃晚饭了，我干脆就早早地上床睡觉算了。

可是爸爸已经进来了，我只好等着他看见我骂我，他会骂我："怎么把头发剪成这个样子，这哪还像个女人，是谁叫你剪的？丑样子，像外国要饭的……"但是我听见：

"英子！"是爸爸叫我。

"噢。"

爸爸拿着一本什么，也许是一本《儿童世界》，他一定不会给我了。

"咦?"爸看见我的头发了，我等着他变脸，但是他笑了，"咦，剪了辫子啦?"只是这么简简单单的一句话，唉！只是这么简单的一句话。

我的心一下子松下来了，好舒服！爸爸很高兴地把书递给我，他说："我替你买了一个日记本，你以后要练习每天记日记。"

"怎么记呢？我不会啊！"记日记，真是稀奇的事，像我剪了头发一样的稀奇哪！

"就比如今天，你就可以这样记：民国十六年六月十五日我的辫子剪去了。"

"可是，爸，"我摸摸我后脖的半破儿说，"我还要写，是在虎坊桥文华阁剪的，小徒弟给我扇着布帘子。"

我歪起脸看爸爸，他笑了。我再看桌上妈妈给我穿的两枝茉莉花，它们躺在那儿，一点用处也没有啦！

（一九六一年六月十五日）

天桥上当记

天桥不是女人常去的地方，因此，以女人的笔来写天桥，既不能深入那地方的每一个角落，又怎能写出那地方的精神，那里的江湖，那里的艺术？

可是我写了。

我看到的，实在没有我听到的更多。很多年前，有位记者曾在报上写过“天桥百景”，光是“天桥八怪”，就写了八篇之多，百景写完了没有，不记得了，但是他真是个天桥通，写作的气魄，也令人钦佩。

父亲喜欢逛天桥，他从那里的估衣摊上买来了蓝缎子团花面的灰鼠脊子短皮袄，冬天在家里穿着。有人说，估衣都是死人的衣服，我听了觉得很别扭，因此我并不喜欢爸爸的这件漂亮衣服。母亲也偶然带着宋妈和我逛天桥。她大老远地到天桥去买旧德国式洋炉子，还有到处都买得到的煤铲子和烟囱等，载了满满两洋车回来。临上车的时候，还得让“掸孙儿”的老乞妇给穷掸一阵子。她掸了车厢掸车座，再朝妈妈和我的衣服上乱掸一阵，耍着贫嘴说：

“大奶奶大姑儿，您慢点儿上车……嘿我说，你可拉稳着点儿，到家多给你添俩钱儿，大奶奶也不在乎……大奶奶，您坐好了，搂着点儿大姑儿。大奶奶您修好……嘿，孙哉！先别抄车把，大奶奶要赏我钱哪！”

我看妈妈终于被迫地打开了她那十字布绣花的手提袋，掏出一个铜子儿来。

我长大以后，更难得去逛天桥了，我们年轻一代的生活日用品，是取诸于东安市场和西单商场，因此记忆中的那一次逛天桥，便不容易忘记了。

一个冬天的下午，我和三妹在炉边烤火，不知怎么谈起天桥来了，我们竟兴致勃勃地要去天桥逛逛，她想看看有没有旧俄国军毯子卖，我没有目的。但是妈妈说，天桥的东西要会买的，便非常便宜，不会买的，买打了眼，可就要上当了。我和三妹一致认为母亲是过虑的，我们又不是三岁孩子，我们更不会认不出俄国毯子和别的东西的真假。

“还价呢？会吗？”母亲问。

“笑话！漫天要价，就地还钱，我们也懂呀！”三妹说。

“还了价拿腿就走，这不是妈妈您这‘还价大王’的诀窍儿吗？”我说。

母亲的劝告，没有使我们十分在意，我和三妹终于高高兴兴地来到了天桥。

逛天桥，似乎也应当有个向导，因为有些地方，女性是不便闯了去的，比如你以为那块场地在说相声，谁不可以听呢？但是据说专有撒村[①]的相声，他们是不欢迎女听众的，北平人很尊重女性，在“堂

① 方言，意为说粗鲁话。

客”的面前，他们是决不会撒村的。听说有过这么一回事，两位女听众来到她们不该听的场地来了，说相声的见有女客来，既不便撒村，又不便说明原委赶走她们，只好左一个，右一个，尽讲的普通相声，女听众听得有趣，并不打算起身。最后，看座儿的实在急了，才不得已向两位女听众说：

“对面棚子里有大妞儿唱大鼓，您二位不听听去？”

两位女听众，这时大概已有所悟，这才红着脸走了。

我和三妹还不至于那么傻，何况我们的目的是买点儿什么，像那江湖卖药练把式摔跤的，我们怕误入禁地，连张望也不张望呢！

卖估衣的，或卖零头儿布的，聚集在一处。很有些可买的东西，皮袄、绣袍、补褂，很多都是清室各府里的落魄王孙，三文不值两文卖出去的。卖估衣的吆喝方式很有趣，他先漫天要价，没人搭茬儿，再一次次地自己落价。我们逛到一个布摊子面前，那卖布的方式，把我们吸引住了。那个布摊子，有三四个人在做生意，一个蹲在地上抖落那些布，两个站在那里吆喝，不是光吆喝，而是带表演的。一块布从地摊儿上拿起来时，那个站着的大汉子接过来了，他一面把布打开，一面向蹲着的说：“这块有几尺？”

“十二尺半。”

“多少钱？”

“十五块。”

于是大汉子把那号称十二尺半的绒布双迭拉开，两只胳膊用力地向左右伸出去，简直要弯到背后了，他带着韵律地喊着说：

"瞧咧这块布，十二尺半，你就买了回去，绒裤褂，一身儿是足足地有富余！"

然后他再把布抻得砰砰响，说：

"听听！多仔密，多结实，这块布。"

"少算点儿行不行呀？"这是另一个他们自己的人在问。

"少多少？你说！"自己人问自己人。

"十二块。"

"十二块，好。"他又拉开了这块布，仍然是撑呀撑呀，两只胳膊都弯到背后去了，"十二块，十二尺，瞧瞧便宜不便宜！"

有没有十二尺？我想有的。我心里打量着，一个大男人，两条胳膊平张开，无论如何是有六尺的，双层布，不就是十二尺了吗？何况他还极力地弯呀弯呀，都快弯到一圈儿了，当然有十二尺。

三妹也看愣了，听傻了，江湖的话，干脆之中带着义气，非常入耳，更何况他表演的十二尺，是那样地有力量，有信用，有长度呢！

"你看这块布值不值？"三妹悄悄问我。

我还没答话呢，那大汉子又自动落价了：

"好！"他大喊了一声，"再便宜点儿，今儿过阴天儿，逛的人少，还没开张呢！我们哥儿三，赔本儿也得赚吃喝！够咱们喝四两烧刀子就卖呀！这一回，十块就卖，九块五，九块三，九块二咧，九块钱！我再找您两毛五！"

大汉子嗓子都快喊破了，我暗暗地算，十二尺，我正想买一块做呢大衣的衬绒，这块岂不是刚够。布店里这种绒布要一块多钱一尺呢，这十二尺才九块，不，八块七毛五，确是便宜。

这时围着看热闹的人更多了，我也悄声问三妹：

“你说我做大衣的衬绒够不够？”

三妹点点头。

“那——”我犹疑着，“再还还价。”我本已经觉得够便宜了，但总想到这是天桥的买卖，不还价，不够行家似的。

“拿我看看。”我终于开口了，围观的人都张脸看着我们姐儿俩。

我拿过来看了看，的确是细白绒布。

“够十二尺吗？”

摊子上没有尺，真奇怪，布是按块儿卖，难道有多长，就凭他的两条胳膊量吗？我一问，他又把布大大地撑开来，两条胳膊又弯到背后去了。

“十二尺半，您回去量。”

“给你七块五。”

我说完拉着三妹就走，这是跟“还价大王”妈妈学的。其实在我还另有一种意思，就是感觉到已经够便宜了，还要还价还得那么少，实在不忍心，又怕人家要损两句，多难为情，所以赶快借此走掉，以为准不会卖的，谁知走没两步，卖布的在叫了：

“您回来，您回来。”

我明白他有卖的意思了，不免壮起胆来，回头立定便说：

“七块五，你卖不卖吧！”

“您请回来！”

“你卖不卖嘛?”

“我卖，您也得回来买呀!”

他说得对，我和三妹又回到布摊前面来。谁知等我回来了，他才说：

“您再加点儿。”

我刚想再走，三妹竟迫不及待地说：

“给你八块五好了!”一下子就加了一块钱。

“您再加点儿，您再加一丁点儿我就卖，这还不行吗?”

“好了好了，八块六要卖就卖，不卖拉倒!”

“卖啦，您拿去!”

比原来的八块七毛五，不过便宜了一毛五，我们到底还是不会还价，但是，想一想，可比外面布店买便宜多了，便宜了几乎有一半。不错！不错！我想三妹也跟我一样满意，因为她向我笑了笑，可能很得意她会还价。

我们不打算再买什么，逛什么了，天也不早，我们姐儿俩便高高兴兴地回家来。见着妈妈就告诉她，我们虽然没买什么，但是买了一块便宜布来。

“我看看。”妈妈说着就拆开了纸包，“逛了半天天桥，你们俩大概还是洋车来回，就买了一块布头儿！几尺呀？八尺?”妈妈把布抖落开了。

“八尺?”我和三妹大叫着，“十二尺哪!”

“十二尺?”这回是妈大叫了，“我不信，去拿尺来，绝没有十二尺！绝没有十二尺！”她连声加重语气，妈妈真讨厌，总要扫我们的兴。

尺拿来了，妈妈一尺一尺地量着，最后哈哈大笑起来：“我说怎么样？八尺，一尺也不多，八尺就是八尺！”

我和三妹都愣住了。但是三妹还强争说：

“您这是什么尺呀！”

“我是飘准尺！”妈妈一急，夹生的北京话也出来了。

“什么标准尺——”三妹没话可讲了，但是她仍挣扎着说，“那也没什么吃亏的，可便宜哪！才八块六买的，布铺里买也要一块多一尺哪！”

“我的小姐，说什么也是上当啦！”妈把布比在我们的鼻子前，指点着说，“一块多，那是双面的细绒布，这是单面的，看见没有！这只要七八毛一尺。”

真是令人懊丧极了！还有什么可说的呢！我和三妹相视苦笑。停了一下，她想起什么似的，说：

“我觉得那个卖布的，他的两条胳膊，不是明明——”三妹也把自己的两手伸平打量着，“难道这样没有六尺？那么大的大男人？难道只有四尺？真奇怪。不过，他真有意思，两臂用力弯到背后去，仿佛是体育家优美的姿势。”

“他的话，也有一种催眠的力量，吸引着人人驻足而观，其实围观的人，并不是个个要买布的——”我还没说完，妈妈嘴快打岔说：

“哪像你们姐儿俩！”

"——而是要欣赏他们的艺术，听觉和视觉都得到官感的快乐，谁不愿意看见便宜不占呢？谁不愿意听顺耳的话呢？天桥能使你得到。"

"吃一回亏，学一回乖，"妈妈说，"你们上了当还直夸。"

"这就是天桥的艺术和精神了，你吃了亏，却不厌恶它。"

"所以说，逛天桥，逛天桥嘛！到天桥去要慢慢地逛，仔细地欣赏，却不必急于买东西，才是乐事。"妈妈说。

八尺的绒，不够做大衣的衬里，但足够做一件旗袍的里。我做好穿了它，价钱虽然贵了些，但它使我认识了一些东西，虽然上当，总还是值得的。

（一九六二年）

黄昏对话

秋很高，黄昏近了，她的颜色像浓红的醇酒，使人沉醉。我在这时思想游离了，想到西山的红叶，但是沉醉在这个黄昏下的，却是摇曳的大王椰子；绿色的椰叶上蒙着一层黄昏的彩色，轻轻地摇摆着。

妈妈不知在什么时候穿过摇摆的椰树来了。

妈妈的银发越来越多了，它们不肯服帖在她的头上，一点小风就吹散开，她用手拢也拢不住。她进来一坐下就说：

“我想起那个名字来了。”

她的牙齿全部是新换的，很整齐，但很不自然地含在嘴里，使得她的嘴型变了，没有原来的好看，一说话也总要抿呀抿的。我说：

“什么名字呀？”

她脱掉姻伯母修改了送给她的旧大衣，流行的样子，但不合妈妈的身材。她把紫色的包袱打开，拿出一个纸包来：

“刚蒸的，你吃不吃？我早上花了一盆面，用你们说的那种花混。”她递给我一个包子，还温和，接着又说，“就是那个，一种花的名字。”

她想了想，又忘了。

我把包子咬了一口，刚要说什么，美丽过来了，她说：

“婆婆，你别说花混好不好！你说发粉，你说，婆，你说——发粉。”

妈妈笑了笑，费力地说：“花——混。”她知道还是没说对，哈哈笑了，“别学我好不好？”

“你不是说你是老北京吗？”美丽又开婆婆的玩笑。

“北京人对婆婆说话要说您，不能你你你的。只有你哥哥还和我说您。”

“我哥哥是马屁精，他想跟你要舅舅的旧衣服穿，就叫您您您的！”美丽说完跑掉了，妈妈想拍她一下也没拍着。

我想起来了，又问：

“您到底说的什么花的名字呀？”

“对了，”妈妈也想起来了，“就是你那天说你爸爸喜欢种的，台湾话叫煮饭花，北京人叫什么来着，瞧我又忘了。”

“再想想。”

“想起来了，”妈妈高兴地又抿抿嘴，“茉莉花。”

“茉莉花？怎么也叫茉莉花呢？茉莉花是白的，插在头上，或是放在茶叶里的呀！”

“就是也叫茉莉花，一点不错。”

“台湾话为什么叫煮饭花呢？”

“要煮饭的时候才开的意思。”

“那也是在该煮晚饭的时候。可不是，爸爸每天下班回来，从外院抱着在门口迎接他的燕生呀，阿珠呀，高高兴兴地进来了，把草帽向头后一推，就该浇花了。这种茉莉花的颜色真多，我记得还有两色的，像黄的上面带红点，粉红的上面带紫点，好像这里的啼血杜鹃花。”

“你记不记得这种花结的籽？”

“怎么不记得，黑色的，一粒粒像豌豆那么大，掰开来，里面是一兜粉，您说可以搽的，可以搽吗？您搽过吗？”

“可以搽，可是我没搽过。”

“您搽粉也真特别，总是不用粉扑，光用手抹了粉往脸上来回搽着，那是为什么？”

“用手搽混，比混扑还好用哪！”妈妈的“混”又来了。

“那您现在怎么又不用手了呢？”

“现在的混扑好用呀！”

妈妈说着就用手往脸上来回搓了一遍，这是她平常的习惯，这样搓一遍，脸上好像舒服了。我看着她的皮肤在这几年松弛多了，颈间的皮，在箍紧的领圈里挤出来，一下子就使我想到“鸡皮鹤发”这四个字上去。妈妈大概也在想什么，黄昏的浓酒的颜色更浓了，余晖从墙外、从树隙中穿过来，照在廊下的玻璃上，妈妈坐在旁边，让黄昏笼罩在她的银发上，使我想到茉莉花池旁妈妈的年轻时代。不知道妈妈在想什么？在想我的婴孩时代吗？偎在她的怀里吃奶？梳紧了我的一根又黄又短的小辫子？为了被猫叼去的小油鸡在哭泣？为了不肯上学被爸爸痛打？这时妈妈微笑说：

“你爸爸能把一挑子花都买下来，都没地方种了，就全栽在后院墙脚下，你记得吧？”

又是爸爸的花！

“我记得，后面那个没人去的小小、小小的院子，顺墙还种了牵牛花呢！到了冬天，花盆都堆在空屋里，客厅里又换了从厂甸[①]买来的梅花，对不对？”

妈妈点点头。

我又想起来了：“好像爸爸的花，您并不管嘛！”在我的印象中，没有妈妈浇花、种花的姿态，她只是上菜场，买这样买那样，做了给爸爸吃，他还要吹毛求疵，说妈妈这样那样弄不好。只有一回妈妈不管了，因为爸爸宰了一只猫吃。我说：

“您记得爸爸宰猫的事吧？”

“哼！”妈妈皱皱鼻子，好像还闻得见三十多年前的猫腥味儿，“你的太婆，就曾自己宰过一只小狗吃，因为没有人敢宰。”

太婆宰狗吃的故事，我听过好儿次了，就是爸爸宰猫的事，我也记得很清楚，而且我也是吃猫的当事人之一，但是我喜欢再谈到它，好像重温功课一样，一遍比一遍更熟习我的童年，虽然它越过越远。

“爸爸怎么想起要吃猫来啦？”我问。

“也巧，虎坊桥厨房的房顶上有个天窗，你记得吧？原来没有糊纸的，那次糊房子就给糊上了一层纸，刚好一只又肥又大的野猫踏了

① 泛指琉璃厂一带。原为明清琉璃窑前一片空地，民国六年建海王村公园，每年正月初一在此附近设摊售货，游人云集，即所谓“逛厂甸”。

空，便从天窗掉下来，跌得半死，你爸爸立刻想到宰了吃。”

“我记得是车夫老赵帮着弄的。”

“是嘛！猫皮扒下来，老赵还拿去卖钱呢！”

“那锅肉怎么煮的？”

“像红烧肉一样红烧的呀！切了块儿。”

“哎哟！”我耸耸肩，咧咧嘴，表示怪恶心的样子，但是妈妈笑了：

“你还哎哟哪！你吃得香着哪！只有你爸爸和你和你弟弟吃。我们可是离得远远的！”

是受了爸爸这方面籍贯的遗传吧，我们的祖先是来自狗猫猴蛇都吃的那个省份，说是最讲究吃，其实多少还带点儿野性。

“后来呢？”其实结果我早知道，但是还要听妈妈讲一遍。

“后来那只锅，怎么洗，我也恶心，老有一股味道，我就把它扔掉了。”

“猫肉什么味儿？”我问妈。

“你吃过的呀！”

“可是早忘了。”

“是酸的，听说。”

妈妈站起来，扑掸着落在身上的香烟灰。她又点起了一支香烟。

黄昏越来越浓了。美丽过来，捻开电灯，屋里亮了，屋外一下子跌入黑暗中。

美丽说：“婆婆，你在这里吃饭吧，天都黑了。”

“我在这里吃饭？你舅舅呢，那你舅舅回家吃什么？”

“讨厌的舅舅，谁教他不快结婚！”

妈妈坚持要走，她走过去收那块紫色的包袱，发现她带来的包子被三个女孩子吃光了，她说：

“也不懂给你爸爸留，我特别做的冬笋下。”

“婆婆，读‘馅儿’，不是‘下’！”然后她们打开了冰箱，“看！”

妈妈看见里面留着还有，安心地笑了。

妈妈穿起那件不合体的大衣，走到院子里，黄昏的风又吹开她的银发，我想说，拿发夹夹上吧，但是三个女孩子已经拥着妈妈走出门去了。

（一九六二年）

吹箫的人

南屋常年是阴暗潮湿的，受不到一点阳光的照射。北平人说：“有钱不住东南房，冬不暖，夏不凉。”真是经验之谈。我虽然把两明一暗的三间南屋布置成很好的客厅——缎面的沙发，硬木的矮几，墙角的宫灯，仿古花纹的窗帘，脚下是软软的地毯；但是我们都没有兴趣到南屋去，熟识的朋友来了，也还是习惯地到我们起居饮食的北屋来坐。

就这样，我们整年地把南屋冷落着。小三合院中心一棵好大的槐树，像一座天棚，整个夏天遮盖着这院子，但是南屋更阴暗了。秋天槐花落了满院子，地上像铺了一层雪。我一簸箕一簸箕地扫着，心里就打着南屋的算盘；煤这样贵，今年冬天我不打算在南屋装洋炉子了。把去年留下的两个炉子的烟筒挑一挑，用在北屋的一个炉子上大概够了。铁皮暴涨，烟筒省一节是一节，大家都尽量把炉子装得移近窗户，这叫作“缩短防线”。我又想，为什么不把南屋租出去呢？既节流，又开源。

这个主意说开了去，大嫂很快就引来了一位房客，她给我介绍说：“咱们南京老亲端木家的三太太，你仿佛说过，在中学里教过你地理的，就是三先生。”

我说：“是呀！端木老师不容易被人忘记，他的……”

“他的眼镜。”端木太太立刻微笑着接腔。

回忆到学校的生活，我很开心，我大笑着说：“是的，眼镜，还有冬天那条长长的围巾，脖子后面总拖着那么长的一大截，飘荡着。”

据说端木家这门老亲，和我们攀来攀去，算是平辈表亲。端木朴生老师已经死了十多年了。这位端木太太因为一直在外面做事，所以大家都称呼她一声“朱先生”。我对端木老师的印象，也只是那掉在鼻梁中间的眼镜和长围巾这一点点而已，他实在只教了我连一学期都不到。

说是平辈，朱先生比我年纪大多了，已经两鬓花白，她虽憔悴，但很稳重，也整洁，眉目间藏着年轻时代的风韵。这样的形容似乎很矛盾，但她给我的第一个印象确是这样。

她是从东城她的亲戚家搬出来的，因为她在师大的图书馆工作，住亲戚家虽然方便，只是离学校太远，往返不便，我们家可离师大很近。

“老胳膊老腿儿啦！让我来来去去地赶电车，我也追不上，到了冬天，骨头节儿就仿佛泡在醋里，那么酸痛，真不是滋味儿。”她苦笑着说。

但是我想到阴暗的南屋，租给这样一个独身而患着风湿的老女人住，而我这年轻健康的却住着阳光普照的北屋，倒有点不自在，我只好说：“只要朱先生不嫌房子小，不嫌我三个孩子吵闹。”

朱先生搬来的时候，槐树叶已经掉完了，光秃秃的枝子在冷风里挺着。南屋里我们原来的那一套家具，都移到北屋来，北屋显得拥挤，但是却像暖和了些。太阳从宽大的玻璃窗透进来，照到紫红色的沙发上，发着亮光，摸摸是热的。我很喜欢这种气氛，抱着孩子坐在沙发上，望着南屋朱先生在忙碌；盆儿呀，罐儿呀，煤球呀，都堆在南屋房檐下的石阶上。那地方原来我都摆着菊花，现在这么一来，原有的一点儿艺术气氛就没了。

宋妈和朱先生的一个侄女在帮着整理，中午我当然邀她来我家吃饭，她进屋来先在洋炉子旁烤着搓着她冻得发僵的两手，看着墙上挂的我和凡带着三个孩子的照片说："一个人也是一个家，什么都扔不下，就像蜗牛壳似的，再简单，也得把它背在身上，带来带去。"

她没有生育过，体态较少变化，也可想见她年轻时的轻盈。她如今穿着青哔叽的罩袍，平平帖帖，一点褶痕都没有，我只觉得她太整洁了。听了她的话，不知是出于安慰还是真的感觉，我说：

"我现在就觉着一个人最舒服，三个孩子加一个丈夫，真乱死我了，我常对凡说，多咱能离开你们清静几天才好。要知道伺候大人也不比伺候孩子省事。"我最初是为了安慰她的孤寂，而故意说出羡慕她的话，但说来说去，也说出了我的牢骚。

"别这么说！"她笑着止住我。

"这是真话呀！"我也笑着说。

"真的离开了，你又不放心了。"她说着拍拍我的手背，仿佛我是一个不懂事的孩子。

她搬来后，每天早出晚归，冬天日短，回来后，天都快黑了，大家都缩在屋里过日子。窗帘拉上，探到炉中去的尾巴壶的水滚开着，孩子的吵闹欢笑声，使我应付这三间北屋里的生活，已经来不及了，这晚上的几小时简直就和屋外隔绝了一样。有时我会猛想起，对面还有一家新街坊呢！也想着到朱先生屋里去谈谈，像拜访朋友似的。但是等到夜静后，我也疲乏了，掀开窗帘一角向南屋看去，外屋的灯已经熄了，里面是她的卧室，低烛光的灯亮着，怕她已经就寝了，也就不好去打扰。有一两次也仿佛听到乐器的声音，但被孩子或客人的说笑声遮盖了，就没有注意。

我是一个贪睡的人，冬夜起来弄孩子，真是一件苦恼的事，我常想恢复我的职业生活，然后多雇一个女仆，把孩子交给她去管，我就可以一觉睡到大天亮，是多么舒服！实在我连续生了三个孩子，已经有六年不知道睡整夜觉的滋味了。

那天我夜半醒来，给孩子换好尿布吃过奶，就翻来覆去地睡不着了，忽然哪里传来低低的音乐声，我仔细地听，才觉出是南屋朱先生在吹箫。夜静静地，那箫声就仿佛是从山间来，从海边来，从长街来，幽幽地，钻进了人的心底。我竟幻想着朱先生吹箫的姿态，像是她坐在半空中，又像是远远地从海边走过来。迷离中我感到寒冷，原来是窗纸白天被小猫抓破了一个洞，冷风钻进来，吹到脸上。我翻身理好棉被，向里面钻了钻，用被蒙住半个脸，才觉得暖和些。那南屋里的女主人是多么寂寞！我不禁关心起朱先生来。“闲夜寂以清，长笛亮且鸣。”不记得在哪儿看过这么两句诗，箫声低于笛声，但是在清寂的闲夜，就仿佛是一步步地逼进耳朵来。过了好久，我才睡去，不知是她的箫声先停，还是我先入梦乡的。

第二天晚上，我惦记着过去找朱先生谈谈，便把孩子们早早弄上床。我不知道她喜不喜欢闲聊，很想把毛线也带过去织（织着毛线谈话是最快乐的），又怕那样显得是要在她屋里待很久，结果从缸里拿了两棵腌白菜，送给她就早点吃，算是以此为题。

南屋里靠窗子摆了一张八仙桌，她工作、吃饭、会客都就着这张桌子，所以上面摆了茶具，也摆了文具，电灯便从屋中拉到窗前的桌上面。炉子刚添上硬煤块吧，劈劈剥剥地响着，炉子上炖了一壶茶，她喜欢喝酽茶，搬来的头一天我就知道了。我推门进屋时，她正一个人坐在桌前擦箫，这情景很安静。我从自己乱哄哄的屋子过来，格外觉得舒适，昨夜那种替她孤寂的感觉没有了。但是我却仍要把那感觉告诉她，我说：

"昨夜是您吹箫吧？"

"罪过，吵了你了。"

"哪里，"我赶紧接口说，"我睡觉大炮也轰不醒，是昨夜起来给孩子冲奶听见的。那调子听得人心酸，只觉得像没了着落。说实话，好一会儿我才睡着，不然每天我扔下奶瓶就睡着了。"

"以后夜里可不能再吹了，你带孩子害你睡不够。"她抱歉地说。

"不，"我赶忙阻止她，"也只是碰巧我那时醒来，否则再大声音也听不见的。我觉得有时也应当让孩子吵闹以外的声音，陶冶一下我的心情，让这声音带着我的思想到更广阔的境界，您的箫声使我想想这，想想那，也是很有趣的。"

"那么昨夜你想到什么了?"她直看着我的脸，认真地问我。我倒不好意思了，说："想得很多呢!"

她起身又去墙上取下一支笛子来，也在擦拭着。我说："也吹笛子吗?"

"不，我吹不好，是朴生吹的。"

对于这种箫啦笛啦的乐器，我知道得太少了，她不说话，我就没话可接了。我心想送了腌白菜已经完成了人情，可以站起身回屋去了，幸亏没把毛线带过来，正这么想着，朱先生又说话了：

"想不到朴生那样子粗心大意的人会吹笛子吧?他吹得好着呢!"

"是的，从表面看起来，端木先生是不拘小节的，也许玩起乐器来很细心吧?"

"他在这方面是蛮细心的，我却是个粗人。"

"您要是粗人，我更不用提了，"我说着笑了，又问她，"端木先生活着的时候，你们一定常常箫笛合奏吧?"

她看了我一眼，点点头。

"中国的乐器有几种是适合夜阑人静时独自演奏的，箫或笛便都是。以前夏天晚上我们常常在北海的小划子上吹奏，那才有意思。"

我可以想象得出那种情趣来，因为夏夜在北海划船，常可以听见从水面传过来的口琴声、留声机声，以及情侣们的低吟浅唱。这种生活的享受，我和朱先生都没份儿了，她是失去了伴侣，我是因为增加了累赘。我对朱先生说出了我的感触，她也有同感。

我又问，她和端木先生，是谁先对这种乐器发生兴趣的？

她今夜很兴奋，听我这样问，便擦拭着那支笛子说：

“说来话长呢！你问问南京的老亲都知道一点儿，当年先父是不赞成我和朴生这门亲事的。原来我们两家都住在北京，而且是世交。朴生在北大，我在女高师，读书的时候就认识了。毕业以后又同在一个学校教书，虽然接近的机会多了，并没什么密切的来往。不知从什么时候起，他忽然给我写起信来……”

“情书吗？”我听得有趣便插嘴问。

“敢！”她骄傲地说了以后，又天真地笑了，仿佛回到年轻的年月，她就是那无上威风的女王，“他所写的无非是讨论学问思想，当然字里行间也带着些情意。我一封也不回他，让他高兴就写他的！”

“见面说话不说？”上一代“新人物”的恋爱，在我们看来有时是不可想象的，所以我不由得想多问几句。

“见面应酬话是说的，但他可不敢提写信的事，我只是在说话间透露出我已经看过他的信就是了。”

“多有意思！”我不禁惊叹。

“民国十七年北伐成功后，迁都南京，端木一家都回南京了。这以前，他家曾央人来求亲，可是先父一口就回绝了，我连影子都不知道。家里只知道我和他同事，并不知道他写信的事，那年月，我们虽新，可是家庭还守旧得很呢！我们再开通，也是半新不旧的，因为许多地方仍要顾到古老的传统，不能一下子就变过来。他家回南京时，他也同去了，因为他是独子。他回南京后信写得更勤，这时的信就明显地表现出他的意思了。”

“那么这回您该回他信了吧？”我问。

她笑笑摇摇头，接着说：

“可是有那么一天，他事先并没有写信说过，竟在学校里出现了，当然使我很惊奇，但他不远千里而来的坚决的情意，也不能说没感动我。这时我已经知道父亲拒绝求婚，所以答应和他在学校以外的地方见面，瞒着我的家庭。见面也只是见面罢了，我还是无意的。直到有一次，我们学校几个接近的同事相约到北海赏月，大家带了乐器去，我吹箫是许多人都知道的。在北海的那天晚上，我才知道朴生吹笛子。我独奏‘梅花三弄’，他竟悄悄地、悄悄地，吹起笛子来随着我的箫，吹着吹着，我们就变成二重奏了！……”

朱先生说到这里，起身到炉边去拿炖在火上的那壶酽茶，给我斟了一杯，她自己斟了一杯。然后又用煤钩子去拨弄那炉火，炉门一打开，火光反映到她的脸上，红亮亮的。我两手捧着那杯茶，停了好一会儿没说话，看着她的脸，脑中幻想着当年夏夜太液池中箫笛合奏的情景，仿佛我也是客人中的一个。我不由得笑说：

“那首‘梅花三弄’一定是您和端木先生的定情曲啦！”

她笑笑，回到桌前坐下，从桌上拿起那支笛子：

“喏，始终是这支笛子陪着我，这么些年了。他走得匆忙，留在家里没带着，笛子留下了，吹笛的人可再没回来呢！”她不胜感慨地说着，把笛子又挂回到墙上去。

“端木先生教我们的时候，您和他已经结婚了吧？”我也回忆起那吹笛的人了。

“他教你是哪年的事？”

“民国二十年，我在初中二。”

“已经结婚喽！我们结婚也还是经过一场奋斗呢！虽然我答应了他的求婚，但是不能得到父亲的谅解。他放弃了父亲给他在南京中央政府找到的好职位，而来北平做个中学教员，他的母亲也不满意他，这一切还不都是为了我。父亲后来算勉强答应了，也还是有婚后仍住在北平的约定。”

“对于您来说，还是那笛子的力量吧？您的婚姻的故事多么美，它使我想起了‘吹箫引凤’的故事，您是那弄玉，端木先生正是萧史……”但是朱先生打断我的话，说：

“萧史和弄玉是夫妇双双飞升而去，我们可是一个飞了，一个还在这儿挣扎求生呢！”

“在心灵上，您仍是和端木先生在一起的，您的夜半箫声，怎么能知道他不是在冥冥中也跟您在合奏呢！”

爱情的故事，常常是因为那爱情发生了障碍，才使得故事更美、更动人。我后来听大嫂说，当初朱家的老太爷不答应这门亲事，是因为端木先生是庶出的关系，母亲的出身微贱，在家庭中没有地位，连带着儿子也遭了殃。端木先生排行第三，前面还有两个相差很多岁的哥哥，是嫡出的。在那讲究门第与身世的上一代，怎能怪他们为儿女的多方操心呢！可惜这一对在新旧时代交替中奋斗的夫妇，在如愿以偿之后，终不能白头偕老，他们只有短短不到八年的相守。端木先生是“七七”事变那年由北平到内地去，在一次汽车失事中丧命的。意外的死，生者难堪，她怎么能不日日以箫声唤回那荒野中的孤魂呢！箫声可以使她回到往昔月夜泛舟的情景中去，无怪其声哀以思了。

有一次在偶然的闲谈中，又提到了她的箫，她曾这么说过：

“没有孩子的夫妻和有孩子的夫妻，毕竟不同啊！看你们小两口子虽然有时拌嘴，但是半天都忍不了，你们就忘了，因为有孩子一打岔就过去了。我们可就不同喽！婚后的现实环境，到底不是婚前所想到的，我从小长大什么苦头都没受过，所以有一点点不遂意，就使我几天不愉快，不和朴生说话。长日无聊，我只有吹箫来解心头之闷。常常在这种情形下，朴生便也不知什么时候，拿起笛来，和着我一起吹奏了。这样，一根笛一根箫，便像你家的老大和老二，把我们的不愉快，无形中岔开了。”

我听说过，朱先生在婚后和婆母不和，这也是常引起他们夫妻不愉快的因素，端木先生在母亲的独子与爱妻的丈夫的夹层中，常常左右为难。据说在端木先生死后，婆媳反倒相安无事了。

一个冬天在蜷缩中过去了，今年春暖得早，阴历的正月过不久，家里的火炉就拆了。屋门敞开着，孩子们就骑在屋门坎上，享受着春日的阳光。但是南屋的炉火挨到阴历二月才拆除，因为朱先生在闹病，她有畏寒的毛病。上班也就是那么回事了，年轻的男女同事们听说她病了，倒是常常来看她。有时她们带了菜来做，哄着她说笑，像女儿对妈妈似的。

开春以来，她就很少吹箫了，看见墙上挂的笛子，我总会想起箫，也偶然问她：

“朱先生，好久没吹箫解闷了吧？听您吹箫，对于我也是一种享受呢！”

“提不起兴趣。怎么？又想听着箫声想心事吗？”

“其实我听着箫声，多半想的还是您呢！”我玩笑地说，但确是实在的话。有一次偶然读到杜牧的“青山隐隐水迢迢，秋尽江南草木凋。二十四桥明月夜，玉人何处教吹箫”的诗，不知怎么都联想到朱先生了。

交夏以后，时局急转直下地紧张起来，五月间凡去上海看全国运动会的热闹，到八九月，我们就筹划着到台湾的事了。要离开一个依赖了多年的地方，真不是一件容易的事，我没出过远门，一下子就让我来个大迁徙，说实话，我连行李都不会捆呢！

“我留在这儿慢慢地结束，你一个人先走，你到台湾都安顿好，再来接我们。”我对他曾经这样建议，并且屡次讨论时，都坚持这个主张。

这时宋妈来告诉我，朱先生请我过去一趟。她病病快快地躺在床上，我真抱歉不安，好多天都把她忘了，只顾闹我自己的情绪。

她倚在床栏上，用责备的口吻对我说：“为什么不跟着丈夫一起走呢！兵荒马乱的时候，不要分离，一家人的手还是紧紧捏在一起的好，更不应当在这个时候闹别扭。”

她一定是从宋妈的嘴里知道这一切的，我告诉她我不安的情绪和一些困难。她忽然拉住我的手，悲痛地说：“如果十二年前我和朴生一道走，我今天的情形也许不是这样子了。”她说着拍拍盖在身上的那条被。“我跟你说了那么多我和朴生的事，只有一件没说过，”她停了一下，好像要拣个最合适的方法说出来，“在‘七七’事变前，我因为家庭的苦恼——你知道就是为了朴生的母亲，和朴生闹得很不愉快。‘七七’事变一起，朴生和我商量说，把母亲送到上海跟大哥过，然后我们一道南下。但是我不肯，我要他把母亲送到上海去，自己南下，我要先在北平清静清静。无论他怎么说，我执意不肯，直到他已被敌人注意而不能不走了，一切都来不及打算，便先离开北平。到上海他来信说，情绪很不好，因为担心着我们婆媳的安全，和想到没来得及安排我们的生活就离开了，心中始终是不安的。他要我仍及时准备，立刻和母亲到上海去，他有半个月的时间可以等待。我接到他的信，虽然心中略有所动，可是始终不肯去跟婆母商量，半个月这样拖过去了，朴生在上海不得不动身南下，还没走出江苏省境，他就死了。你不能让一个人不安地离开家，是不是？心中不安就会有不幸，这常是连带的。总要生活在一起，才能彼此安慰与照顾。听见没有？”

她的一大篇话，使我恍然明白这一对夫妻的整个故事，我一直知道的是那前半部完美的，但那一时的过错，却能使一个人永生赎不完。朱先生的箫声，不只是怀念和幽怨，还有着遗憾与忏悔，所以那声音才使人心弦震动。

晚上我同意了凡的建议，我们一起到台湾去，他感动而欣慰地吻着我，并且紧紧地捏住我的手。晚上我睡在被里，忽然听朱先生又吹起箫来，声音是那么微弱，一个调子重复了几次，都吹不成腔，想着她白天为我说出她隐藏了多年的秘密，真是肺腑之言，但是我们就要离开她了，而她又正在病中。

来到台湾以后，立刻就给接住北屋的弟妇写信，除了报告平安抵达之外，还问候朱先生的病况。弟妇回信却没提起，她准是在匆忙中忘了。很迅速地，以后就音讯不通了。

在台湾，十年的厮守，全凭朱先生的一篇爱情的故事。朱先生如果还健在的话，算一算，真不信，当年在太液池上吹箫的女人，如今已是望七之年了。

（一九五九年一月）

虎坊桥

常常想起虎坊大街上的那个老乞丐，也常想总有一天把他写进我的小说里。他很脏、很胖。脏，是当然的，可是胖子做了乞丐，却是在他以前和以后，我都没有见过的事；觉得和他的身份很不衬，所以才有了不可磨灭的印象吧！常常在冬天的早上看见他，穿着空心大棉袄坐在我家的门前，晒着早晨的太阳在拿虱子。他的唾沫比我们多一样用处，食指放在舌头上舔一舔，沾了唾沫然后再去沾身上的虱子，把虱子夹在两个大拇指的指甲盖儿上挤一下，"哒"的一声，虱子被挤破了。然后再沾唾沫，再拿虱子。听说虱子都长了尾巴了，好不恶心！

他的身旁放着一个没有盖子的砂锅，盛着乞讨来的残羹冷饭。不，饭是放在另一个地方，他还有一个黑脏油亮的布口袋，干的东西像饭、馒头、饺子皮什么的，都装进口袋里。他抱着一砂锅的剩汤水，仰起头来连扒带喝的，就全吃下了肚。我每看见他在吃东西，就往家里跑，我实在想呕吐了。

对了，他还有一个口袋。那里面装的是什么？是白花花的大洋钱！他拿好了虱子，吃饱了剩饭，抱着砂锅要走了，一站起身来，破棉裤腰里系着的这个口袋，往下一坠，洋钱在里面打滚儿的声音叮当响。我好奇怪，拉着宋妈的衣襟，指着那发响的口袋问：

“宋妈，他还有好多洋钱，哪儿来的？”

“哼，你以为是偷来的、抢来的吗？人家自个儿攒的。”

“自个儿攒的？你说过，要饭的人当初都是有钱的多，好吃懒做才把家当花光了，只好要饭吃。”

“是呀！可是要了饭就知道学好了，知道攒钱啦！”宋妈摆出凡事皆懂的样子回答我。

“既然是学好，为什么他不肯洗脸洗澡，拿大洋钱去做套新棉袄穿哪？”

宋妈没回答我，我还要问：

“他也还是不肯做事呀？”

“没听说吗？要了三年饭，给皇上都不做。”

他虽然不肯做皇上，我想起来了，他倒也在那出大殡的行列里打执事赚钱呢！烂棉袄上面套着白丧褂子，从丧家走到墓地，不知道有多少里路，他又胖又老，还举着旗呀伞呀的。而且，最要紧的是他腰里还挂着一袋子洋钱哪！这一身披挂，走那么远的路，是多么吃力呢！这就是他荡光了家产又从头学好的缘故吗？我不懂，便要发问，大人们好像也不能答复得使我满意，我便要在心里琢磨了。

家住在虎坊桥，这是一条多姿多彩的大街，每天从早到晚所看见的事事物物，使得我常常琢磨的人物和事情可太多了。我的心灵，在那小小的年纪里，便充满了对人世间现实生活的怀疑、同情、感慨、兴趣……种种的情绪。

如果说我后来在写作上有怎样的方向时，是幼年在虎坊桥居住的几年，给了我最初的对现实人生的观察和体验也说不定吧！

没有一条街包含了人生世相有这么多方面。在我幼年居住在那里的几年中，是正值北伐前后的年代。有一天下午，照例的，我们姊弟们洗了澡换了干净的衣服，便跟着宋妈在大门口上看热闹了。这时来了两个日本人，一个人拿着照相匣子，另一个拿着两面小旗；是青天白日旗，红黄蓝白黑五色旗刚刚成了过去①。小日本儿会说中国话，拿旗子的走过来笑眯眯地对我说：

“小妹妹的照相的好不好？”

我不知道这是怎样一回事，和妹妹向后退缩，他又说：

“不要紧，照了相我要大大的送给你。”然后他看着我家的门牌号数，嘴里念念有词。

我看看宋妈，宋妈说话了：

“您这二位先生是——？”

“噢，我们的是日本的报馆的，不要紧，我们大大的照了相。”

大概看那两个人没有恶意的样子，宋妈便对我和妹妹说：“要给你们照就照吧！”

于是我和妹妹每人手上举着一面青天白日旗，站在门前照了一

① 五色旗是中华民国建国之初北洋政府的国旗，旗面按顺序为红、黄、蓝、白、黑五色横条，分别代表汉、满、蒙、回、藏五族共和，国民党北伐成功后，被青天白日旗所取代。

张相，当时也不知道究竟是为什么要这样照。等到爸爸回家时告诉了他，他不但没有生气，反而玩笑着说：

“不好喽，让人照了相寄到日本去，说不定是做什么用呢，怎么办？”

爸爸虽然玩笑着说，我的心里却是很害怕，担忧着。直到有一天，爸爸拿回来一本画报，里面全是日本字，翻开来有一页里面，我和妹妹举着旗子的照片，赫然在焉！爸爸讲给我们听，那上面说，中国街头上的儿童都举着他们的新旗子。这是一本日本人印行的记我国北伐成功经过的画册。

对于北伐这件事，小小年纪的我，本是什么也不懂的，但是就因为住在虎坊桥这个地方，竟也无意中在脑子里印下了时代不同的感觉。北伐成功的前夕，好像曾有那么一阵紧张的日子，黄昏的虎坊桥大街上，忽然骚动起来了，听说在逮学生，而好客的爸爸，也常把家里多余的房子借给年轻的学生住，像“德先叔叔”（《城南旧事》小说里的人物）什么的，一定和那个将要迎接来的新时代有什么关系，他为了风声的关系，便在我家有了时隐时现的情形。

虎坊桥在北洋政府时代，是一条通往最繁华区的街道，无论到前门，到城南游艺园，到八大胡同，到天桥……都要经过这里。因此，很晚很晚，这里也还是不断车马行人的。早上它也热闹，尤其到了要“出红差”的日子，老早，街上就有拥到各处来看“热闹”的人。出红差就是要把犯人押到天桥那一带去枪毙，枪毙人怎么能叫作看热闹呢？但是那时人们确是把这件事当作“热闹”来看的。他们跟在载犯人的车后面，和车上的犯人互相呼应地叫喊着，不像是要去送死，却像是一群朋友欢送的行列。他们没有悲悯这个将死的壮汉，反而是犯人喊一声："过了十八年又是一条好汉！"群众便喊一声："好！"就像是舞台上的演员唱一句，下面喊一声好一样。每逢早上街上拥来了人群，我们便知道有什么事了，好奇的心理也鼓动着我，躲在门洞的石墩上张望着。碰到这时候，母亲要极力地不使我们去看这种"热闹"，但是一年到头常常有，无论如何，我是看过不少了，心里也存下了许多对人与人间的疑问：为什么临死的人了，还能喊那些话？为什么大家要给他喊好？人群中有他的亲友吗？他们也喊好吗？

同样的情形，大的出丧，这里也几乎是必经的街道，因为有钱有势的人家死了人大出殡，是所谓"死后哀荣"，所以必须选择一些大街来绕行，作一次最后的煊赫！沿街的商店有的在马路沿上摆上了祭桌，披麻戴孝的孝子步行到这里，叩个头道个谢，便使这家商店感到无上的光荣似的。而看出大殡的群众，并无哀悼的意思，也是抱着看热闹的心情，流露出对死后有这样哀荣，有无限的羡慕的意思在。而在那长长数里的行列中，有时会看见那胖子老乞丐的。他默默地走着，面部没有表情，他的心中有没有在想些什么？如果他在年轻时不荡尽了那些家产，他死后何尝不可以有这份哀荣，他会不会这么想？

欺骗的玩意儿，我也在这条街上看到了。穿着蓝布大褂的那个瘦高个子，是卖假当票的。因为常常停留在我家的门前，便和宋妈很熟，并不避讳他是干什么的。宋妈真奇怪，眼看着他在欺骗那些乡下人，她也不当回事，好像是在看一场游戏似的。当有一天我知道他是怎么回事时，便忍不住了，我绷着脸瞪着眼，手插着腰，气势汹汹地站在门口。卖假当票的说：

“大小姐，我们讲生意的时候，您可别说什么呀！”

“不可以，”我气到极点，发出了不平之鸣，“欺骗人是不可以的！”

我的不平的性格，好像一直到今天都还一样地存在着。其实，所谓是非的看法，从前和现在，我也不尽相同。总之是人世相看多了，总不会不无所感。

也有最美丽的事情在虎坊桥，那便是春天的花事。常常我放学回来了，爸爸在买花，整担的花挑到院子里来，爸爸在和卖花的讲价钱，爸爸原来只是要买一盆麦冬草或文竹什么的，结果一担子花都留下了。卖花的拿了钱并不掉头就走，他还留下来帮着爸爸往花池或花盆里种植，也一面和爸爸谈着花的故事。我受了勤勉的爸爸的影响，也帮着搬盆移土和浇水。

我早晨起来，喜欢看墙根下紫色的喇叭花展开了她的容颜，还有一排向日葵跟着日头转，黄昏的花池里，玉簪花清幽地排在那里，等着你去摘取。

虎坊桥的童年生活是丰富的，大黑门里的这个小女孩是喜欢思索的，也许是这些，无形中导致了她走上以写作为快乐的路吧！

（一九六一年七月）

骑小驴儿上西山

正月里，总忘不了赶在正月十九以前，去一趟白云观。不是为会神仙，不是为打桥底下那个金钱眼，也不是为看那几个打坐的高龄老道，只是为了骑小驴儿，出西便门跑一趟。

骑术并不佳，胆子也不大，比起宋妈跟她当家儿的回牛郎山骑小驴儿的派头儿，差多了；她盘腿儿坐在驴背上，四平八稳的，驴脖子上的铃铛串儿，在雪地里响得清脆可听，驴蹄子嘚嘚嘚嘚的，踏着雪地远去了。我不是那样，我骑的这头小黑驴儿，它也有一串铃铛，为了是大正月，赶驴的还爱给他的“驴头马面”打扮打扮系上红绿绳。我告诉赶驴的，可别离开我太远，小驴儿稍微跑快几步，我四顾无人，就急得吱吱叫。从宣武门骑上驴，出西便门一里多就到了白云观。

白云观虽然是很热闹，但给我的印象却是很破旧，也许看了很多大庙宇的关系，如果不是为了要骑驴，还真是没兴致来呢！记得白云观门前墙上镶着的那个石猴吗？大家进去都要伸手摸一摸，无非是取其吉祥。石猴被摸得黑污油亮，实在不可爱。进来以后，你就花钱吧，石桥洞里，盘坐着一位老道，无数的铜子儿向他抛去。能抛中老道的，当然又是吉利，这叫“打金钱眼”，这样有去无回的掷钱法，实在也是老道的敛钱的好法子。后来币制改了，钞票取代了铜板，可就惨了老道们了。

打过金钱眼，再向里走，就跟护国寺的庙会一样，除了吃的就是耍的，总是千篇一律的那种套圈儿的玩意儿，不要说十圈九不中，你就是套上一百回，也未必能赢回一个小泥狗！再到后院去看房里那几个在炕头上打坐的老道士吧，说他们有九十啦，一百啦，究竟是多大岁数，也说不清。

白云观不过如此。赶紧再出来找小驴，风尘滚滚地骑回宣武门来。一年一度的骑小驴儿逛白云观的目的，就算达到了。

春天和秋天，我总还有两次骑小驴儿上西山的机会。

西山的范围可广了，往大里说，西山内接太行，外属诸边，磅礴数千里。我骑小驴儿可没有这么大本事！西山可说是京西诸山之总名，玉泉山也是西山，碧云寺也是西山，卧佛寺也是西山，八大处也是西山，香山也是西山。古人游西山，尝说“西山寺三百”，甚至说“西山寺五百”，数字虽不准确，但庙宇之多是无疑的。

骑小驴儿上八大处，却是我难忘的经历。小驴儿上山有本事，可是它专爱走那山径小道的边沿，如果它一失足，不就滚下高山深涧了吗？可是它没有，只是使我心惊不已，就紧紧拉住缰绳，“吁——吁——”地喊它。我想小驴儿也是会捉弄人的，谁教你骑了它，使它负担沉重呢！

八大处有名的是秘魔崖，神秘的佛教故事是很美的。那故事是说：“当年名僧卢师从江南乘船北来，船到了崖下便止而不行，于是卢师就留在崖居。有一天两个小沙弥来拜见卢师，他们说：‘师傅，我们愿意永远地侍候您。’卢师便留下了他们，一个名大青，一个名小青。这样过了几年，忽然有一年久旱不雨，大青和小青向卢师说：‘我们可以使雨及时而下的。’说着，他们俩就投身在潭水里，变成两条青龙，过了不久，果然甘霖解旱。”

许多诗人写了游秘魔崖的诗，我偏爱一首七言绝句：

秘魔崖仄藓文斑，千载卢师去不还。
遣有澄潭二童子，日斜归处雨连山。

骑小驴骑到香山的双清别墅看金鱼，也是难忘的事。小驴在别墅门外等着，我们进来休息，游客向池里扔下面包，看尺长的金鱼游来，一扭腰一张嘴，一块面包就吃进去了！我们也谈论别墅的一位慈善家，他有怎样一个残疾的儿子的故事。那些故事，那别墅是怎样的走法，都不记得了，只记得金鱼美丽的游姿和小毛驴丑怪的嘶鸣。

从碧云寺骑小驴到卧佛寺，倒不是一条难行的路，也不远。一丈多长的卧佛，总是那么悠闲地斜卧在大殿里，“接见”年年去探望他的小客人。这位小客人，当她还是小小姑娘的时候，就喜欢这个卧佛，她知道卧佛是用五十万斤铜铸成的，前清的皇帝都向他献了鞋子，那个摆鞋的玻璃橱里，三双的尺寸尽不相同，无论哪一双，卧佛都穿不进，但是供献是一种敬意。后来那小游客长大了，有一年她同了亲爱的男友同游，仍然忘不了去看一看她所惦念的卧佛和佛的大鞋子。这一次的西山之游，对她的意义是重大的，春风如轻纱拂面的这个季节，一次骑小驴儿上西山的郊游，增进了她和他彼此的爱慕。难忘的西山啊！

逝去的日子，我不伤感，只是怀念，我读前人的西山诗句，像：

自别燕台白日徂，华阳碣石总荒芜。
独留一片西山月，犹照当月旧酒炉。

又读：

人生百岁几日春，休将黑发恋风尘。
去年此地君曾至，想见莺花待故人。

这些诗句，总是给我对北方无限的怀念。记得最后一年逛西山是秋天，对满山红叶，有无限山川的离情，知道要走了，要离开依赖了二十多年的第二故乡，心情真是沉重。

骑小驴儿，上西山，已经是十四年前的事儿了！

（一九六三年一月一日）

重读《旧京琐记》

"枝巢老人"是我的公公[①]六十岁以后用的笔名，在那以前，他为文多署名"枝巢子"。我不知道他为什么署名"枝巢"，猜想也许是引用《古诗十九首》中"越鸟巢南枝"句。因为公公是南京人，他在《旧京琐记》自序中说："余以戊戌通籍京朝……"，是他在清光绪廿四年进京赶考，就留居在北京了。《古诗十九首》中的"胡马依北风，越鸟巢南枝"句，都是不忘故土的意思。

枝巢老人是旧文学作家，对于诗、词、曲、骈，皆有研究。曾出版《啸庵诗词》《和姜白石词》《枝巢四述》《珠鞋记传奇》《旧京琐记》等书，《旧京琐记》或许出版最早，是木刻版本。

轻装来台，公公的书都没有带出来，我们却常常希望能再看到。只是此间故旧稀疏，无处去找罢了。上月郑再发、王雪真夫妇来访，偶然和他们谈及，他们回去后，一下子就找到《枝巢四述》和《旧京琐记》两书寄来了。我们真是又高兴，又感激。我展读两书，不禁流

---

① 即夏仁虎（1874—1963），江苏江宁（今南京）人，字蔚如，号枝巢子，别号啸庵、枝巢、枝翁、枝巢盲叟等。清朝举人，于刑部、商部、邮传部任职。后官至北洋政府国务院政务处长、财政部次长、代理部长和国务院秘书长。

下泪来。也许因为那时我心情欠佳，打开书，像看见亲人一样，要倾诉我心中的委屈了。

我想起生活在公公跟前的日子。他有八个儿子，娶过六房儿媳妇，我是其中年龄最小的。我受到公公的重视，是因为他知道我自幼失怙，勇于负起照应寡母和弟妹的责任。在婚前他就曾对承楹和我说，他对我们的婚姻最放心。可惜我孝顺公公的日子并不多，结婚不到十年，我们这个小家庭，就搬来台湾了。

记得初生焯儿时，我不会带孩子，又碰上个夜哭郎。冬夜啼哭，吵得爷爷失眠，老人常常披着皮袄上楼来，抱过去哄。孙子那么多，他从来没有这么关心过。如今焯儿已经大学毕业，戴上方帽子了，日子过得可怕不可怕呢？

《枝巢四述》是公公在大学教授国学时的讲义，包括说骈、言诗、谈词、论曲四章。我对国学没有根基，宁愿写些重读《旧京琐记》的兴趣。书名“琐记”，正如他在“发凡”中说：

> 是编仅就一时记忆所及，笔之于书，他日复有所忆，或更为续记。是编所记不免谬误，或当日闻焉弗详，见焉弗审，向壁虚构，则非所敢……是编所记，特刺取琐闻逸事、里巷俳谈，为茶余酒后遣闷之助，间及时政朝流，亦取无关宏旨者……

“旧京”的意思，是指自清同治以来至清末的见闻。目录分俗尚、语言、潮流、宫闱、仪制、考试、时变、城厢、市肆、坊曲等十卷。虽然所记的是将近一个世纪前的旧事，但是有些地方，现在读来仍有亲切之感。其写北平风物之美，令做过“北平人”的看了，怀念不已。但是讽刺人情之伪的，又使人哑然失笑。这是一个北居南人的见闻和感想，因为作者是南方人，所以能客观地描述几百年帝都的生活，而品评其优劣得失。至于文笔的典雅简洁，不可作一字增减，可称是笔记中的上品。

如《琐记》中写都人因习见官仪，多讲礼貌，曾有这样一段：

妇女见客，匪特旗族为然，土著亦有之。门生谒师，固无不见师母者。亲戚至，无不见家人者。余初北来，诣一远戚，乃其家闺中之人咸集，若者妗、姨、姑、姊、妹，固夙所未知也。然一片嘤咛问好之声，推本身以及南中之家人，一一都遍。实则余家人固梦寐中不知有此戚也。彼辈亦不知余家究有何人，特臆想而遍询之，谓匪是弗亲耳。昔见笑剧有不相识之人，乍见而呼曰：“赵。”答曰：“非赵。”“然则钱？”曰：“无钱。”“若是则孙三爷？”曰：“余无弟兄。”又有初会者，见面极亲，问其尊亲好，自家人以逮鸡犬，终则曰：“贵姓？”殆此礼作俑欤？

这种虚伪的礼貌，我想在北平久住的人，都会知道。说相声的也常常讲到这种笑话。另一段也是作者亲身的经验：

交际场中，亦多虚伪之风。昔于筵中晤一人，谈悉为世交。

彼则极意周旋，坚约来日一饮。既而曰：“明日有内廷差，后日如何?”方逊谢，彼已呼笔书柬，议地议菜，碌乱不已。席将终，彼忽拍膝曰：“后日有家祭，奈何?”他客为解曰：“相见正长，何必亟亟?”余恶其扰，亦谢曰：“此月中鄙人方有俗冗，得暇再趋扰耳。”后终不晤。友人云：“彼之延饮，面子也。君应逊谢，亦面子也。君竟不坚辞，彼只有自觅台阶以下耳。”

讲到北平的住宅，有一段说：

京师屋制之美备，甲于四方，以研究数百年，因地、因时，皆有格局也。户必南向，廊必深，院必广，正屋必有后窗，故深严而轩朗，大家入门即不露行，以廊多于屋也。夏日窗以绿色冷布糊之，内施以卷窗。昼卷而夜垂，以通空气。院广以便搭棚，人家有喜庆事，宾客皆集于棚下。正屋必有附室，曰“套间”，亦曰“耳房”。以为休息及储藏之所。夏凉冬燠，四时皆宜者是矣。

上面所说的这种“廊必深，院必广，正屋必有后窗”的标准大宅第，在北平后门一带最多，因为清时皇亲贵戚都住在那一带，取其离皇宫近。广大的院落，墁着大方砖，扫得干干净净，朗敞极了。民国以后，那些人坐吃山空，又没有工作能力，靠典卖度日，等到那栋大房子出手时，家道也就完结了。

北平一般人所住的“四合房”“三合房”，作者也有一段记述：

中下之户曰四合房、三合房。贫穷编户，有所谓杂院者，一院之中，家占一室，萃而群居，口角奸盗之事出焉。然亦有相安者，则必有一人焉，或最先居入，或识文字，或擅口才若领袖然。至于共处既久，疾病相扶，患难相救，虽家人不啻也。

日前读英文《中国邮报》，有一段中华商场的特写，并附照片，揭开二、三楼住户杂居的生活情形，类似北平杂院，使我联想到，今天台北的中华商场，如果能产生出有力的领袖，也许可过很好的“杂院”的日子。

有许多人写到北平的生活，常喜欢引用“天棚鱼缸石榴树，先生肥狗胖丫头”这副对联，以为这就是北平人的悠闲生活写照，但却不知它的真正来历。看了《旧京琐记》的记述，才知道它多少还含有讥讽之意呢！

都中土著在士族工商而外，有数种人，皆食于官者。曰书吏，世世相袭，以长子孙。其原贯以浙绍为多，率拥厚资，起居甚侈，夏必凉棚，院必磁缸以养文鱼，排巨盆以栽石榴。无子弟读书，亦必延一西席以示阔绰。讥者为之联云：“天棚鱼缸石榴树，先生肥狗胖丫头。”其习然也……

公公虽然居住北平数十年，但他说话仍带南京口音，全家老少的饮食习惯，也还保持江南口味。但公公对北平语言，却颇有心得，故《琐记》中独立一章。兹录数则如下：

有一字而分三意者，如“得”字。失手而物碎，曰：“得！”其音促有惋惜意。见人相争而曰：“得了！”有劝止意。令人作食物或制他物曰：“得了吗？”有询问意。

称我曰：“咱”，我所独也。曰：“咱们”，则与言者所共也。昔有人初至北京，学为京语，偶与友谈及其妻，辄曰：“咱们内人。”友笑谢曰：“不敢。”俄又谈及其亲，复曰：“咱们的父亲。”友亟避去。

上面这段，使我想起有一次一位小朋友，好奇地向我学北平话，特别欣赏“咱们”二字，但是他用不好，总是说：“咱们我们一起去玩吧！”“这是咱们我们的家。”

京人谈话，好为官称，有谦不中礼者。昔见一市井与人谈及其子，辄曰：“我们少爷。”初以为怪，后熟闻之，无不皆然，以是谓之官称。又见旗下友与人谈，询及其兄，则曰：“您的家兄。”初以为怪，后读《庸庵笔记》，乃知其有本，不足怪矣。

说到“我们少爷”，我也想起了一件旧事。记得好像是抗战胜利后，有一位官员到北平宣慰老百姓，当他到贫民区去访问时，问一位老人，他儿子到哪里去了？老人竟回答说："我们少爷上粥厂打粥去了！"粥厂是北平冬季专为贫民设立的施粥的处所。

京语有最雅者，如曰"可一街""可一院"即满街、满院之义也。唐人诗："一方明月可中庭"，"山可一窗青"，皆与此义同。

有虽为俗语而有意义可寻者，如大言曰"吹"；视曰"瞅"；偷觑曰"瞜"；佯示以物曰"晃"；性急曰"毛"；躁曰"发毛"；私曰"体恤"；私财曰"体己"；错误曰"拧"；执拗曰"别扭"，亦曰"拧"；中空曰"草包"；闲谈曰"擦"；闲游曰"逛"；饮曰"喝"；吸烟曰"抽"；乱曰"麻烦"；热闹曰"火炽"，亦曰"火爆"；不热闹曰"温"；美曰"俊"，亦曰"俏式"，又曰"边式"，曰"得样"；性傲曰"苗"；柔曰"温存"；发怒曰"火劲"；刚曰"标"；缠足曰"蛮子"；天足曰"旗下"；乞物曰"寻"；物光致曰"抹丽"；不老曰"少形"；群作曰"哄"；驱逐曰"轰"；接近曰"拉拢"；劳曰"累"，亦曰"乏"；不强曰"乏物"；过熟曰"大乏"；脱空曰"漂"；刻薄曰"损"，讥人亦曰"损"；初起曰"底根"；终了曰"压根"。或以形象，或以意会，皆不失字之正义者也。

上面只是略摘自《琐记》中的"时尚"及"语言"两章。这本书虽是“琐闻逸事，里巷俳谈”，但包括范围极广，从宫闱到市肆，从朝廷的仪制、考因，到民间的俗尚、坊曲。作者虽然说，这不过是茶余酒后的遣闷之助，不上正史的，但是正因如此，反而更能看出清末北京社会的真实现象。

（一九六三年六月二十七日）

难忘的姨娘

楼下的小猫儿

姨娘在楼下，不知道在跟谁说话。她说：

“怎么这么没记性？跟你说别爬上去玩水仙花儿，就是不听话！看，要喝水跟我说呀！水仙花盆里的水，也能喝？”

听她的口气，好像是在跟一个淘气的小孩子说话，那是很可能的。因为她有很多淘气的小孙子。孙子们虽都叫她“二奶奶”，但跑到二奶奶房里去，爬上了硬木八仙桌，去玩弄桌上摆着的盆水仙，二奶奶赶了下来，并且挨了一顿骂，这种现象却是不会发生的，因为有哪个孙子能够这么放肆呢？她也不会骂任何孙子的，即使是用像这样亲热的口气骂。她总是跟大家客客气气的。客气可不是亲热，客气是一道幕，距离虽近，但却亲热不得。

姨娘又说话了，溺爱的声音，话不是从嘴里说出来的，简直是从鼻子里挤出来的。她说：

“来吧！来吧！瞧瞧，今儿个是猪肝拌饭。（一阵筷子敲着碗边的声音）看你吃完了还玩老爷子的水仙，我不要你小命才怪！”

这回我听出来她是在跟谁说话了，她是在跟小花儿说话——一只玲珑的小花猫。那只猫大概来吃猪肝拌饭了，因为跟着她又数说了好几大套的话，有善意的教训、温柔的责备、关心的垂询和一些有情有义的絮语。

我想得出姨娘的那副样子，穿着一套花绒睡衣，粉红颜色的，很旧了。早晚在外面加上一件黄色毛巾布的浴衣——人家是洗完澡或运动完了才穿的，她是当御寒的晨衣。屋里的德国大洋炉子，还烧着微微的火，房门是敞开的，因为冬天快过完了，这是阴历的正月底，按规矩，一进二月，就该撤火了。

年年有人送公公几盆漳州来的水仙。过年的时候正开花，碧绿的叶子用红纸或金纸条缠上一圈，是怕长叶子散开，也为了添几分过年的气氛。现在水仙花已经谢了，红纸条仍缠在叶子上。盆里的水换得没那么勤了。那只玲珑的小花猫儿，伸着它那敏捷的小红舌头，正向水仙花盆里舔水喝。高兴也许用爪子去抓两下红纸，或者盆里铺的一层雨花台的石子。

姨娘跟它有情有意地数叨了一大阵子，才听见它吃饱了“喵”了两声。

当然，有时候小孩子们也到她房里去的，所以我分不清她是不是在跟孙子说话。后来我才知道，她大半是跟小花儿说话，而且，她越闷得慌，跟小花儿的话越多。

姨娘对待畜生那样过分人格化的情形，也真叫人看着肉麻。她吃饭，小花儿就卧在她的怀里，等候着她的饲喂。早晨的牛奶，总要在杯底剩下两口给它舔。她和公公一起吃饭，小花儿当然也参加，她还特别安慰小花儿说：

“今儿个你可有好的吃喽！”又转向公公，“老爷子，吃鲫鱼可要给我们把鱼刺留下呀！”

然后，公公刚吐出来的刺，她就连忙拿过来，放在自己的掌心上，让小花儿在那上面舔着吃。

当然会有人把这些情形，从公公和姨娘住的楼下，带到婆婆住的北房堂屋里。婆婆知道了冷笑了一声说：

“嘿！这个老爷子现在跟畜生一桌吃饭啦！”

有鲫鱼和火腿这类好菜，差不多都是婆婆特别烧了给公公送过去下饭的。我们是大家庭，却是合住分炊。公公和姨娘是一份，婆婆带着未婚的儿子们一份，凡是结过婚的儿子们，又各抱房头。婆婆一生不懂得丈夫究竟官做到多大？钱赚了有多少？她只知道要使丈夫儿女吃饱穿暖。她没有娱乐，一年就听（毋宁说看）一回戏，七月七的牛郎织女天河配！一年就打一回牌，三十晚上的对对儿和！其余全是忙吃的。她不认识字，却有她自己的生活态度和人生观，她说：“要饱早上饱，要好祖上好。”所以她从早上起来就忙吃的。

婆婆也恨公公，恨他在和她生了九个儿女之后，又娶了一房姨太太！可是她仍然不忍心，煮了美味的家乡菜，总要把头一份给公公送过去，明明知道她的情敌也坐在桌上享用。

婆婆当然会常常不愉快，不愉快时就要闹一哄。公公也没有办法，他对婆婆是敬重的，有几分怕她。当然他也爱她；他爱婆婆是敬畏的爱，责任的爱；他爱姨娘是怜惜的爱，由衷的爱。

一生就做错了这么一件事

公公在沉痛之下，曾对儿子们说：

“我一生就做错了这么一件事，对不起你娘。”

他又解释说：

“我不过是为和朋友赌一口气。”

但毕竟姨娘还是公公的爱妾吧，她十八岁就跟了公公，还是一个完美无瑕的大姑娘。公公究竟是和哪个朋友赌的气？那经过是怎么回事？家里没有人知道。当年的公公，是个风流潇洒的才子，宦海得意，他接姨娘建筑“爱巢”，最初是在城南的贾家胡同。在那种时代，有个一房两妾，不算什么，但是我们这个古老的读书人的家庭，就显得突出些。因为他的姨太太，不是那种丫头收房，或买来一个贫苦人家的姑娘，而是娶的当时城南游艺园里唱老旦有名的坤伶林曼卿。

林曼卿当年在红氍毹上的风采，如今老一辈在北平常听戏的，也许会记得。她在舞台上的生命虽不长，但是听说她以一个十几岁的大姑娘扮演老旦，唱作俱佳，实在难得。她亭亭玉立，北方人的高个儿，白净的皮肤，端正的五官，皓洁整齐的牙齿。按说以这样一个标致的女孩子，是应当唱青衣花旦的，为什么去唱那拄杖哈腰的老旦呢？

原来林曼卿是旗人家的姑娘，虽然不清楚她家是镶的哪个颜色的旗，但确知是一个良家的女儿。民国以后，旗人子弟无以为生，被送去学戏的不知有多少，也不算稀罕。林曼卿的哥哥学拉胡琴，妹妹学唱，但毕竟是老实人家，不忍心自己的女儿在舞台上搔首弄姿地演花旦，所以才选择了不容易大红大紫，也不容易上大轴戏的老旦来学。但是想象中她在年轻时代，修长清癯的扮相，一声“叫张义，我的儿……”也该赢得了不少彩声吧！

我见到她的时候，她已经是一个中年的妇人了。她不烫头发，总是平整光亮地挽着一个髻，耳朵上一对珍珠耳环，很大方。但在日本人来的那几年，她不知从哪儿学的，竟穿起洋装来了。她说是为了舒服，公公却一点看不惯。

在她的五斗柜上，立着一个八英寸的镜框，里面的照片，穿着男装，是姨娘的林曼卿时代。三块瓦的皮帽，长袍上是一件琵琶襟的坎肩，后面却拖着一根松松的长辫子。这是民初坤伶流行的男装，像制服似的，几乎每个坤伶都是这样穿着。姨娘把它摆在柜子上，想必是她心爱的照片，也许是她对当年短短舞台生活的一点纪念。可是她自从跟了公公以后，洗尽铅华，不要说绝口不提她的舞台生活，就是连哼也没哼过一句戏词儿！如果有人要说出“坤伶”两个字，都会犯忌讳呢！在她的面前，我们说话真是要小心又小心。倒是有一次我下楼来，听见她在随口哼哼，但哼的却是青衣。

在我们那个旧家庭里，对于身世的重要，远超过金钱。我想姨娘也为了这，才死心塌地地，在跟了公公以后，就把唱戏的一段过去，整个地埋葬了。她不但要让别人忘记，也要让她自己忘记，所以才这样做吧。

她曾经洗砚研墨，跟着公公学字学诗，也风雅过几年。我不以为公公所说的“我一生就做错了这么一件事”，是一句由衷的话，我想她仍然是公公的一个爱妾，只是公公在老妻和那么一堆大儿大女面前，不愿过分表现对她的情意就是了。然而，从公公的许多诗词文章中，字里行间，都有和姨娘的爱情的履痕屐迹在啊！公公在文中多称姨娘为“曼姬”，他偶然也提到婆婆，他管婆婆叫“健妇”。

携曼姬游

在公公的风流文采中，诗词曲赋，是他的专长。每有游，必赋诗，这本是旧文人抒情寄意的所在。而公公，每游必携曼姬，所以诗词中多有“携曼姬游”的字样。就这些，还看不出公公对姨娘的情意吗？

公公北伐前在关外做官的那个时期，该是姨娘最风光得意的年代了。她跟着公公在关外逍遥自在地住了几年，上头没有“大”，底下没有“小”，她是唯一的一个。姨娘省吃俭用，舍不得花钱，“抠门儿”得出了名，有几箱子皮货，都是当年在关外得来的。东北物产丰富，公公也时常给家里带来许多贵重的东西，像阿胶、人参什么的，无非都是在官场上人家送的礼品罢了。婆婆的箱子里，也有一些皮子，无论是灰背或脊子，狐腿还是狐筒子，全都是陈旧穿了几代的传家宝，哪像姨娘的那些皮货，那么油亮轻软哪！

北伐成功，新的时代开始，公公自宦海隐退，享受他的晚年了。以诗曲娱余年，又有曼姬陪在身边，该是一乐事。公公每年回一趟金陵故居，都是曼姬相伴。携曼姬游秦淮河游虎丘，也都有诗文记载。

倒是可怜婆婆，一生守着子女，跟着公公来到了北京，就像一株移植的树木，扎了根，忙着添枝生叶，再也没有南游故居的可能了。

但是这样美好的岁月并不长。我记得当我结婚后的第二年，姨娘做四十岁。公公用洒金的红纸，给曼姬写了一篇祝词，四六骈俪，寸楷字，写出了和她廿载相携的恩爱。公公的大字我不太能欣赏，倒是寸楷字最匀实。他写字从不用好笔，这才是真正书家的本事。那篇祝词裱好了，挂在楼下姨娘房里，阳光照射在洒金纸上，闪着红光，红光映在姨娘的脸上，绽开了快乐的笑容。这仿佛是我所看到的姨娘最光彩的一天，此后不再有了！因为大家庭的日子渐渐难过，家里倒下了几个肺病患者，姨娘也在不太严重的情形下倒下了。

北平的肺病名医卢永春，我们家成了他的常主顾。有切肋骨的，有打空气针的，各种不同的治疗法，施于各个不同情况的肺病上。姨娘据说是肺里有了洞，用打空气针的治法。气打足了，倒胖了。因此家里就有人说她是假病，倒下来是为了跟老太爷撒娇。说撒娇不如说"要挟"更合适吧！可是她又有什么可要挟的呢？

过继一个儿子

在我们还没结婚前，我就听说公公要给没有子嗣的姨娘，从婆婆那儿立一个儿子。婆婆有本事，一连生了八个儿子，姨娘选中了老七。老七的性格很大方，不拘小节，也不计较别人，容易相处。姨娘看中了这一点。儿子说是过继给姨娘，还不仍是婆婆的！公公为了哄婆婆，说得好："她手里有些什么，立了儿子，将来还不是夏家的。"

婆婆撇着嘴说："嗤！儿子我有的是，要拿就拿去嘛！"可是心里实在老大地不愿意，没有理由，是莫名的酸气在作祟，要闹一闹就是了。

为了儿子和新媳妇要在客人面前公开给姨娘磕头的问题，惹翻了婆婆和姨娘。姨娘说："儿子我不要了！"婆婆说："我收回来就是！"中间难为了公公和新媳妇。因为订婚时候，新媳妇已经接受了由姨娘出资买的贵重首饰，现在要她再接受婆婆的命令不许磕头，可教她怎么办呢？最后还是新夫妇偷偷到姨娘房里去磕头了事，但是已经种下了不愉快的根。

婆婆常把另一件小事告诉人：

"她当年进门来时，跟我商量说：我就管你叫姐姐，你就叫我妹妹啦！可是我没答应，说这样太麻烦，我不会姐姐妹妹地叫！"

当然，姐妹相称可以提高姨娘地位，婆婆怎么肯呢！也由此可见，无论在外表上看起来，姨娘是怎样地得宠，但在这以婆婆为主的四十多人的大家庭里，她实在是孤立的。

姨娘的娘家，父亲是早就没有了，哥哥我们从来没见过，倒是她的老母亲，被称作"林老太太"的，有礼貌上的来往。

每年三节两生日，林老太太会来应酬应酬的。她七老八十了，步履安健，是个十足的旗人老太太。公公婆婆的生日，每年都会有亲戚来拜寿吃晚饭，但是林老太太来临的时间，却在上午十点。如果是公公的生日，她就说：

“给姑老爷道喜啦！”

如果是婆婆的生日，她就说：

“给寿星道喜啦！”

然后，她独自在堂屋里，吃着厨房早就给准备好的一碗寿面。午前就完成应酬，提先回去了！

这就是一个因身份不同而安排的不同待遇。因为如果林老太太下午来了，到晚饭时候，在许多亲戚中间，是没有办法安排她的席位的。

姨娘和所谓她自己的儿媳妇，也并没有相处得好，因此她对本来应当像她自己孙子一样的老七的孩子，反倒更客气，更没感情。

后来的几年，她显得那么消极，在楼下躺着养病的日子，就听见她和小花猫儿说话。她躺够了，就起来收拾收拾，回到她的老母亲那里去住住。生活没有那么整洁了，因为长年躺在床上，浴衣和睡衣，都溅满了饮食的油渍。

更不要说和公公同出共游了，就是连中山公园的春明馆，她都不跟公公去。公公在夏季，每天习惯到春明馆去坐坐，下一盘没有结局的围棋，冬菜面来了，就把黑白棋子一和乱，吃了面，带着刚升上来的星光，他独自回到家里，心情寂寞可知。他爱姨娘，又怕婆婆，可有什么办法呢！

公公比姨娘大了将近三十岁。她一生跟着公公，想叫婆婆做姐姐，想立婆婆的儿子做儿子，何尝不是想生为夏家人，死为夏家鬼呢？然而她从十八岁姓了夏以后，几十年了，似乎也没得到什么。我想，最真实的，还是得到公公对她全心的爱吧。

我们离开北平的时候，公公、婆婆和姨娘，都还健在。后来知道了婆婆去世的消息。不知道公公是否还健在？他今年也近九十了。更不敢想象现在六十出头的姨娘，是在怎样地生活着。人生再没有比孤立和寂寞更难堪的了。如果公公说他一生就做错了一件事，这一件事，应当是怎么个说法呢？

（一九六三年八月一日）

思冰令人老

一九五六年的冬天在台北，第一次去看白雪溜冰团的表演，兴奋极了，因为自从一九四八年底离开北平以后，已经八年没有看见大片的冰场了！

那晚的天气很冷，可以说配合得正好。在球场搭成的冰场里，我穿着厚大衣，挤在人群中，一阵阵的冷风从场外吹进来，也还是寒缩缩的。散场后冒着雨回来，在暗黄的街灯下，我看见身边人的脸上，浮着满意的笑容，显得年轻多了。他的镜片上蒙着一层雨丝。我缩着头，把手插进他的臂弯里，不知怎么，忽然使我非常怀念北方的日子，北方冰上的日子。

后来，在台湾决定参加冬季世运会时，便借信义路小美制冰厂开辟了一个临时小冰场，供选手们练习用，我们有机会在冰上溜了几次。那时心情也是兴奋的，不知道十年这个长时间，是否还能在冰上站着？但上去了还不错，他固然宝刀未老，我的磕膝盖也倒还没有弯下来。

我是一个勤劳的人，但是却不勤于运动。岁数一年年大了，身体也越发地蠢胖起来。他劝我跟着他打打乒乓球也是好的，我却找出许多理由来拒绝。我说，如果台湾有一个人造冰场，我一定参加运动健身减胖的行列，可惜日子一年年地过去，台湾的许多运动都不断地发展和进步，只缺一个人造冰场。每年到了冬季，就更使我想念北方了。甚至连看见一张圣诞卡，看见“雪”这个字，都会立刻在我脑海浮起一片白皑皑的景色来。

我很记得，落雪的夜晚，我们踏雪归来的情景。肩上扛着冰鞋，脚下的毛窝[①]踏着厚厚、松松、轻轻的积雪，发出扑哧扑哧的声音。脸上迎着飘来的雪花，并不寒冷，却很舒服。有时雪花飘到嘴唇上了，便赶忙伸出舌头来把它舐进嘴里。或者一张嘴说话，雪花就钻进嘴里了！快到家的胡同里，不太亮，因为街灯不多，偶然在昏暗的电线杆下面，可以遇见卖萝卜的，他提着灯，背着木筐子，在雪的静的胡同里喊着：

“萝卜啊！赛梨啊！”

我们停下来，买一个回去。听见切萝卜的清脆声，就知道我们赶上的是一个绿皮红瓤、脆甜赛梨的“心儿里美”了！（这种萝卜的可爱的名字！）

回到我们的小楼上，推开屋门，迎接我们的是一炉熊熊的火，和上面的一壶嗡嗡滚开的水。他一进门，眼镜被热气一蒸，像是下了雾，赶快摘下来！他很爱护他那CCM牌的冰刀，回到了家，总要自己拿干布再仔细地擦一遍，不留一点湿渍在上面。擦完后还要举起

① 一种以蒲草、芦花或鸡毛编成的鞋子，深帮圆头，内有毡毛，鞋底多以木头削制而成，鞋底较高。冬天穿以保温，宜于雪地行走。

来，用手指试试刀锋，看看溜圆了没有？是不是该磨了？然后，我们吃着萝卜，喝着热茶，谈着冰场上的人物、故事。

有些朋友成年价不见面，但是进了阳历十二月以后，在冰上倒常常会到。如果到时候，还没有出现，大家不免互相询问：“绿姑娘呢？架鹰的呢？小高丽呢？……”如果这一年冷得早，西北风多刮几场，冰迷们就要提早到北海去探问冰的消息，因为人工的冰场，总要到近圣诞节时才开幕，北海漪澜堂背阴的地方，有时在十二月上旬就可以溜了。

（一九六四年二月）

模特儿“二姑娘”访问记

一本杂志的封底，是一张裸体的艺术摄影，标题是“中国第一位女模特儿林丝缎小姐”。林丝缎的胴体丰满，肌肉有弹性的美。我以往也听说过她的大名，那是因为她不掩饰自己模特儿的身份，并且在画展会场中，勇于面对来观赏以她为模特儿的绘画的观众们。

裸体的摄影和绘画，以女人的富于曲线的胴体，表现了生命的柔和的美、成熟的美，原是艺术境界中，极高尚的欣赏。但是美好胴体的职业模特儿，却极少有肯像林丝缎这样暴露身份的。说林丝缎是少有的不掩饰身份的模特儿，可以；说她是中国第一个模特儿，未免言之过分吧！

看林丝缎的照片，猛然使我想起了“二姑娘”——二十多年前，在北平那个保守的古城里的一个模特儿。

我那时是一个小小女记者，专跑一些妇女、教育的新闻。所采访的对象，因为时常接触而变成熟朋友的也很多，像二姑娘所“服务”的女子西洋画学校的校长，就是采访的关系，我跟他们一家人都很熟了。

熊校长[①]是一位和蔼可亲的长者，她是贵州人，早岁留学日本，专攻艺术。在那遥远偏僻的中国大陆西南角上，她总算是开女界风气之先了。她所主持的这所私立女子西洋画学校，规模并不大，所收的女学生也都是一般闺秀小姐。除了画以外，似乎并不像一般艺术学校，还教其他的课程。学校设在东城无量大人胡同里，校长住家也在里面。校舍布置小巧精致，家庭的味道浓于学校。

某年的春天，我写了一篇熊校长的访问记，连载于我服务的报纸，因此就跟会交际的熊校长熟起来了。她请我吃饭，参观学校的展览会，并且认识了她的大小姐。在她的几位子女里，大小姐也是学艺术的，她的油画多是大幅的人体美画。因此，有一天，我忽发奇想，要熊校长给我介绍该校的女模特儿，我要参观学生画她，并要写一篇访问记。

熊校长一向笑眯眯的面容，忽然有了难色，她说：

“如果来参观学生上课画模特儿，是没问题的，如果要访问那个模特儿，恐怕——”

“您是说恐怕她不肯答应，是不是？”

“正是这样。她是一个很守旧的女子。”熊校长说。

“守旧的女子？”把一个守旧的女子，和做裸体模特儿这件事连在一起，倒是不可思议的事了，我不禁惊奇又怀疑地问，“那她怎么还做模特儿呢？”

---

① 即熊守一女士。当时于北平私立女子西洋画学校任教的有卫天霖等油画家。

"她只是在这里才肯做的，因为本校全部是女学生。"

但是我还是不甘心，既然是守旧的女子，就更有采访的价值了，我还要努力达到这个目的。我要求熊校长，无论如何替我安排一下，我答应说，我会写得很好，也决不会发表她的姓名，更不会让任何读者或者她认识的亲友知道她是谁。因为熊校长又告诉我，她做这种职业是秘密的。

熊校长答应为我问问看。我等了三天，好消息来了，熊校长已为我安排好，她说请我第二天去，正好是她来校做模特儿的日子。

我到时兴高采烈地去了。熊校长又嘱咐我一番，说她是那样地害怕，不知道报馆是个什么玩意儿，又不知道女记者了不起到什么程度，竟能支使校长跟她说情被访问，她原是不肯"上报"的，直到说明了只是谈谈，连姓名地址都不写，光问问做模特儿的滋味儿——新闻的访问术语即"谈谈感想"就是了。

我当然认真地答应了，那也是新闻记者应守的新闻道德呀！

我先在客厅里坐着，等候被安排，这时已经是上课时间了。过一会儿，熊校长来了，笑眯眯地说：

"好了，我们可以去了。"

我们到了最后一间课室，门是倒扣了的，熊校长敲了敲，一个女学生打开了门，见是我们，就赶快让进来了。熊校长说，学校的男性，只有管大门的一个工友，他当然不会来，但是为了防备万一有闲杂的人闯来，所以总还是关紧了门。

我进教室一看，屋子中央，女模特儿已经裸体摆好姿势坐在那儿了；长头发披散下来，眼睑低垂，看着地板，是一种在画上常见到的姿势。她是一个普通相貌的女性，但身体长得很匀称，肌肤白洁，略丰满，这就是很难得的了吧，我想。

当你初见一个人，竟是在她裸体静坐的时候，你怎可能以外表衡量她的一切呢？所以我不知道熊校长所说的“守旧”，是到了什么程度？外表的打扮原也可以看出来的，可惜她现在没有“外表”，却只有“表里”啦！

女学生们在模特儿的周围各支起了画架，在认真地画着。她们谁都不理会女记者的来临。

我们贴着墙边轻轻走到后面来，原来这里还坐着一位老太太，有五十多岁了，穿着宽大的旗袍，里面是长裤，还扎着“裤腿儿”，头上梳着较高的髻，天足，礼服呢面的皮底鞋，手里握着一个小手巾包儿。一看，就想着她是旗人。

熊校长给我们介绍说：

“这是二姑娘的母亲。这就是林小姐，报馆的……”后一句说得很轻微，我想是为减少她对女记者的戒心。

二姑娘的母亲很客气，赶快站起来了，说：

“林小姐，您好，您多照应。”

然后又请我坐下，她可站着，百般谦让，真受不了。好不容易熊校长才请她也坐下了。我们这角落这样骚动，教室的女学生都无动于衷，真是好学生。

我开始访问。对象先是母亲，这样也好。我问：

“老太太，您每次都陪二姑娘一起来吗？”

“可不是，姑娘一个人儿不敢来哟！”

“一个礼拜来几趟哪？”

“来个三趟两趟的，不一定，要听校长的信儿。”

“报酬是怎么个算法呢？论钟点还是论月？”

二姑娘的妈对这点并没有确切答复，但是她非常技巧地说：

“林小姐，您瞧，校长还能亏待我们姑娘吗？”

也只有北平的旗人，才这么会说话。

“您家里都有什么人？”我再继续问。

“就是二姑娘，她爹，跟我，三口儿。”

“您的先生也做事吗？在哪儿恭喜？”

“唉！小差事儿，混口饭吃。”并没说出来，当然，这又表示她不愿意发表了。

这样随便谈谈，大概已经不少时间了，因为我听熊校长向着学生那边说：

“二姑娘，歇下来吧！”

于是，二姑娘的母亲给她送过去一件毛巾浴衣，她便披上走向屏风后面穿换衣服去了。

我看学生们的画，都还没有完成，她们说是下午还要继续画。又说，二姑娘并不在这里吃饭，等到下午再和母亲一道来。

熊校长同时也代为答复刚才我问了没结果的问题。原来二姑娘的父亲是在另一所美术学校当工友，他们确实是没落的旗人，是没有什么工作能力的。报酬是按钟点算，二姑娘每月所得，多少可以贴补家用了。

这时二姑娘自屏风那边走出来了。啊！她确是北平旗人姑娘的守旧的打扮；披散的头发，已经又编结成一条松松的大辫子了。她穿着月白色的竹布褂，肉色麻纱袜子，平底皮鞋。她没有什么姿色，但朴实就是一种美丽。而你也不会想到，那件不顶合体的竹布褂里面，藏着一个美丽的胴体。

她的母亲带着她走过来了，重新给我介绍了她。我说：

“二姑娘，你好。真高兴认识你。”这种初见面的问候话，似乎洋里洋气的。可是我该怎么说呢？我能说“真欣赏你美丽的胴体”吗？那怎么可以。

二姑娘只是微笑地点点头。这时有几个学生过来了，她们和她很熟了，都叫她“二姑娘”，可见这已经成了大众的称呼。不知道二姑娘姓什么，我就借机问：

“我还没请教二姑娘贵姓呢？”

没等二姑娘张嘴，她的母亲就代为回答了：

“我们姓李。”

“二姑娘，你在这里做模特儿有多久了？”

二姑娘还在思索，她的母亲又代为回答了：

“不到一年。”

“现在很习惯了吧？”

“唉！多亏校长跟大小姐疼她，没得说的。”这回仍是二姑娘的母亲代说的，但是似乎所答非所问。可见对于所不愿回答的问题，她都能够设法解脱，真是旗人应对的特色。

“有没有别的做模特儿的朋友？”

二姑娘直截了当地摇摇头，她的母亲却说：

“我们是过日子人儿，外头可也少走动。”

“平常在家做什么呢？也看看书报什么的吗？”

“姑娘在家还不是做做针线活儿，帮着我煮三餐两饭，倒也识字看看报。”母亲说。

“等稿子刊出来，我给您送儿份报去，您府上住哪儿？”

“不敢当。有空儿您请过来坐坐。小地方在鼓楼前大街——”我以为她决不肯告诉我她们的住处，谁知她详细地告诉了我胡同名称和门牌。那么，那确是诚恳地邀请喽！

时间已经不早了，我谢谢她们，并且抱歉地说，占了她们许多时间。母亲却说：

“哪儿的话，劳您驾啦，您多照应我们二姑娘了！”

访问二姑娘，二姑娘并无一言。但她不是哑巴，因为当她们走出教室时，正遇到老工友走过来。二姑娘首先说：

“张大爷，您好！”

张大爷说：

“嫂子，二姑娘，要回去了？娘儿俩慢走啊！”

目送二姑娘随在她母亲的后面，迈着稳重的步子，走向校门。校园里有三三两两的女学生，也正向外走去，和她们相比，二姑娘的服装和形态，确是一个守旧的女子呢！

然后我又向熊校长访问了一些问题，就完成了一篇《二姑娘访问记》。我相信我尽了新闻道德，这是一篇令读者和被访者满意的特写。

我的好奇心还没有终了。刊出后的第三天，我还是拿了几份报，借词送报，到鼓楼大街的二姑娘家去观察一番。这次倒没有什么目的，我并不拟再写续稿。

我找到了地址门牌。街门虚掩着，一推就开，是一所四合房的大杂院。东西南北房的房檐下，几乎都放着小煤球炉子。一眼我就看见北屋正房门口，站在炉子旁边的是二姑娘的母亲。我向那方向走去，到了跟前，轻轻地说：

“李太太！”

猛地回过头来，见是我，她“哟”了一声，感到意外了。可是随即客气地说：

“屋里坐吧，您瞧我这样儿，可别笑话呀！”

我凭什么笑话她呢？小煤球炉上，放着炙炉，她正在烙饼。我说：

“不了，耽搁您做饭——我就是来送两张报的。”

“哪儿的话！屋里坐坐，喝碗茶，就在我们这儿吃饭。”

我被让进了屋子。屋里摆着几样古老的家具，却打扫得干干净净。

这时二姑娘出来了，我却听见她的母亲喊她：

“淑芳，给林小姐端上茶。”

我的敏感忽然使我想到，我不应当再叫“二姑娘”，或许“二姑娘”只是为到学校做模特儿起的，如果我这样叫了，被邻居听见，再证实前天我在报上的《二姑娘访问记》，岂不是对于她们非常不妥吗？也幸好我把报纸封在一个大信封里，就交给二姑娘，不——淑芳了。我说：

“闲着没事儿拿它解闷儿吧！”

我并没有留在二姑娘家吃午饭，略谈一谈就回来了。

以后，我再也没有看见二姑娘，甚至更不知道她的消息。记者生涯，使我每天都认识新的人和人生。像坐在行走中的火车窗口望风景，都从眼前过去了。虽说是过眼烟云，但是那一时的印象，却也能够深印在脑子里，只要碰上有什么联想，也会掀开那存在的一页呢！

（一九六四年四月）

英子的乡恋

第一信　给祖父　（英子十四岁）

亲爱的祖父：

当您接到爸爸病故的电报，一定很难受的。您有四个儿子，却死去了三个，而爸爸又是死在万里迢迢的异乡。我提起笔来，眼泪已经滴满了信纸。妈妈现在又躺在床上哭，小弟弟和小妹妹们站在床边莫名其妙是怎么回事。

以后您再也看不见爸爸的信了，写信的责任全要交给我了。爸爸在病中的时候就常常对我说，他如果死了的话，我应当帮助软弱的妈妈照管一切。我从来没有想到爸爸会死，也从来没有想到我有这样大的责任。亲爱的祖父，爸爸死后，只剩下妈妈带着我们七个姐弟们。北平这地方您是知道的，我们虽有不少好朋友，却没亲戚，实在孤单得很，祖父您还要时常来信指导我们一切。

妈妈命我禀告祖父，爸爸已经在死后第二天火葬了，第三天我们去拾骨灰，放在一个方形木匣内，现在放在家里祭供，一直到把他带回故乡去安葬。因为爸爸说，一定要使他回到故乡。

第二信　给祖父（英子十四岁）

亲爱的祖父：

您的来信收到了，看见您颤抖的笔迹，我回想起当五年以前，您和祖母来北平的情况，那时候庭叔还没有被日本人害死，我们这一大家人是多么快乐！您的胡须，您的咳嗽的声音，您每天长时间坐在桌前的书写，都好像是昨天的事。如今呢？只剩下可怜孤单的我们！

您来信说要我们做“归乡之计”，我和妈妈商量又商量，妈妈是没有一定主张的，最后我们还是决定了暂时不回去。亲爱的祖父，您一定很着急又生气吧？禀告您，我们的意见，看您觉得怎么样。

我现在已经读到中学二年级了，弟弟和妹妹也都在小学各班读书，如果回家乡去，我们读书就成了问题。我们不愿意失学，但是我们也不能半路插进读日本书的学校。而且，自从庭叔在大连被日本人害死在监狱以后，我永远不能忘记，痛恨着害死亲爱的叔叔的那个国家。还有爸爸的病，也是自从到大连收拾庭叔的遗体回来以后，才厉害起来的。爸爸曾经给您写过一封很长很长的信，报告叔叔的事，我记得他写了很多个夜晚，还大口吐着血的。而且爸爸也曾经对我说过，当祖父年轻的时候，日本人刚来到台湾，祖父也曾经和日本人反抗过呢！所以，我是不愿意回去读那种学校的，更不愿意弟弟妹妹从无知的幼年，就受那种教育的。妈妈没有意见，她说如果我们不愿意回家乡，她就和我们在这里待下去，只是要得到祖父的同意。亲爱的祖父，您一定会原谅我们的，我们会很勇敢地生活下去。就是希望祖父常常来信，那么我们就如同祖父常在我们的身边一样地安心了。

妈妈非常思念故乡，她常常说，我们的外婆一定很盼望她回去，但是她还是依着我们的意思留下来了，妈妈是这样的善良！

第三信　给堂兄阿烈　（英子十六岁）

阿烈哥哥：

自从哥哥回故乡以后，我们这里寂寞了许多。我和弟弟妹妹打开了地图，数着哥哥的旅程，现在该是上了基隆的岸吧？我们日日听着绿衣邮差的叩门声，希望带来哥哥的信，说些故乡的风光！您走的时候，这里树叶已经落光了，送您到车站，冷得发抖，天气冷，心情也冷。您自己走了，又带走了爸爸的骨箱。去年死去了四妹，又死去了小弟，在爸爸死去的两年后，我们失去了这样多的亲人。算起来，现在剩下我们姐弟五个和可怜的妈妈。送哥哥走了以后，回到家里来，妈妈说天气太冷了，可以烧起洋炉子来，虽然屋子立刻变暖，可是少了哥哥您，就冷落了许多。您每天晚上为我们讲的《基督山恩仇记》还没有讲完呢！许多个晚上，我们就是打开地图，看看那一块小小地方的故乡。

妈妈一边向炉中添煤，一边告诉我们说：故乡还是穿单衣的时候。是吗哥哥？那么您的棉袍到了基隆岂不是要脱掉了吗？妈妈又说，故乡的树叶是从来不会变黄、变枯，而落得光光的；水也不会结冰，长年地流着。椰子树像一把大鸡毛掸子；玉兰树像这里的洋槐一样地普遍；一品红[1]也不像这里可怜地栽在小花盆里，在过年的时候才露一露；还有女人们光着脚穿着拖板，可以到处去做客，还有，还有……故乡的一切真是这样地有趣吗？您怎么不快写信来讲给我们听呢？

妈妈说，要哥哥设法寄这几样东西：新竹白粉、茶叶、李咸[2]和龙眼干。后面几项是我们几个人要的，把李咸再用糖腌渍起来的那种酸、甜、咸的味道，我们说着就要流口水啦！妈妈说，故乡还有许多好吃的东西，在这里是吃不到的，最后妈妈说："我们还是回台湾怎么样？"我们停止了说笑声，不言语了，回台湾，这对于我们岂不是梦吗？

第四信　给堂兄阿烈（英子十七岁）

阿烈哥哥：

您的来信给我们带来了最不幸的消息——亲爱的祖父的死。失去祖父和失去父亲一样使我们痛苦，在这世界上，我们好像更孤零无所依靠了。北方的春天虽然顶可爱，但是因为失去了祖父，春天变得无味了！有一本祖父用朱笔圈过的《随园诗话》，还躺在书桌的抽屉里，

① 即圣诞花。

② 即嘉应子，为李子加工成的一种蜜饯。

我接到哥哥的信，不由得把书拿出来看看，祖父的音貌宛在，就是早祖父而去的父亲、小弟、四妹，也一起涌上了心头。我常常想，这些事情都不是真的——失去了许多亲人。我在小小年纪便负起没有想到过的责任；生活在没有亲族和无所依赖的异乡，但摆在面前的这一切，却都是真的呢！我每一想到不知要付出多少勇气，才能应付这无根的浮萍似的漂泊异乡的日子时，就会不寒而栗。我有时也想，还是回到那遥远的可爱的家乡去，赖在哥哥们的身旁吧，但是再一念及我和弟妹们受教育问题，便打消了回故乡的念头，我们现在是失去了故乡，但是回到故乡，我们便失去了祖国。想来想去，还是宁可失去故乡，让可爱的故乡埋在我的心底，却不要做一个无国籍的孩子。

昨天我在音乐课上学了一首《念故乡》的歌，别人唱这个歌时无动于衷，我却流着心泪。回到家里，我唱了又唱，唱了又唱。弟弟还说："姐姐干吗唱得那么惨？"可爱无知的弟弟哟！你再长大些，就知道我们失去故乡的痛苦的滋味，是和别人不同的。

您问我们这个新年是如何度过的，还不是和往年一样，把几个无家可归的游魂邀到家里来共度佳节，今年有张君和李君，他们三杯酒下肚，又和妈妈谈起家乡风光来了。这一顿饭直吃得杯盘狼藉，李君醉醺醺地说："回去吧，英子！回去吃拔仔[①]，回去吃猪公肉！"哥哥，他们的醉话和我的梦话差不多吧！我曾听张君说过的，他们如果回去的话，前脚上了基隆的岸，后脚就会被警察带去尝铁窗风味呢！但是

① 即番石榴，又称芭乐、鸡屎果，为台湾著名的水果。

我知道，他们思念家乡比我还要痛苦的！我虽然这样热爱故乡，但是回忆起来，却是一片空白。故乡是怎样的面貌啊！我在小小的五岁时就离开它，我对它是这样熟悉，又这样陌生啊！

上次给哥哥寄去的照片，您说有一位同村的阿婆竟也认出说："这是英子！"我太开心了，我太开心了，我居然还没有被故乡忘掉吗？让我为那位可爱的阿婆祝福，希望在她的有生之年，我们有见面的一天吧！

第五信　给堂兄阿烈　（英子二十八岁）

阿烈哥哥：

给您写这封信是怀着怎样的心情，真是形容不出来！哥哥，您还认得出妹妹的笔迹吗？自从故乡大地震的那一次，您写信告诉我们说，家人已无家可归地暂住在搭的帐篷里，算来已经十年不通信了。这十年中，您会以为我忘记故乡了吗？实在是失乡的痛苦与日俱增，岁岁月月都像是在期待什么，又像是无依无靠无可奈何。但是真正可期待的日子终于到临。八月十五日的中午，所有的日本人都跪下来，听他们的"天皇"广播出来的降书。我在工作了四年的藏书楼上，脸贴着玻璃窗向外看，心中却起伏着不知怎样形容的心情，只觉得万波倾荡，把我的思潮带到远远的天边，又回到近近的眼前！喜怒哀乐，融成一片！哥哥，您虽和我们隔着千山万水，这种滋味却该是同样的吧？这是包着空间和时间的梦觉！

让我来告诉哥哥一个最好的消息，就是我们预备还乡了。从一无所知的童年时代，到儿女环膝地做了母亲，这些失乡的岁月，是怎样挨过来的？雷马克①说："没有根而生存，是需要勇气的！"我们受了多少委屈，都单单是为了热爱故乡，热爱祖国，这一切都不要说了吧，这一切都譬如是昨天死去的吧，让我们从今抬起头来，生活在一个有家、有国、有根、有底的日子里！

哥哥您知道吗？最小的妹妹已经亭亭玉立了，我们五个之中，三个已为人妻母，两个浴在爱河里。妈妈仍不见老，人家说年龄在妈妈身上是不留痕迹的！而我们也听说哥哥有了四千金，大家见面都要装得老练些啊！

妹妹和弟弟有无限的惆怅，当他们决定回到陌生的故乡，却又怕不知道故乡如何接待这一群流浪者，够温暖吗？足以浸沁孤儿般的干涸吗？

哥哥，千言万语，不知从何说起，您就准备着欢迎我们吧！对了，您还要告诉认识英子的那位阿婆（相信她还健在）英子还乡的消息吧，我要她领着我去到我童年玩耍的每一个地方，我要温习儿时的梦。好在这一切都不忙的，我会在故乡长久、长久、长久地待下去，有的是时间去补偿我二十多年间的乡恋。哥哥，为我吻一下故乡的湿土吧！再会，再会，再会的日子是这样的近了！

① 雷马克（Erich Maria Remarque，1898—1970），德国小说家，著有《西线无战事》。

后 记

《英子的乡恋》是我在一九五一年三月写的，到如今刚好十三个年头儿了！日子有飞逝的感觉。这几封信虽不一定每封都是真的写过的，但却是我当时真实的心情和真实的生活情景。写时倾泻了我的全部的情感，因此自己特别珍爱这篇小文。也许别人读了无动于衷，那倒也没有什么关系。

先祖父林台（号云阁）先生在世时，是头份地方上受人尊敬的长者，做过头份的区长。他在世时，每年回一次祖籍广东蕉岭。我们过海台湾已经有五六代了。先父林焕文先生是先祖父的长子，他毕业于日据时代的国语学校师范部，精通中文和日文。毕业后曾执教于新埔公学校，因此台湾文艺社的社长吴浊流先生做过先父的学生。现在吴先生六十多岁了，还在热心地提倡文艺，先父却在四十四岁的英年因肺疾逝世于故都北平。吴先生讲起受教于先父的日子时，热泪盈眶。他说那时他才不过十一岁，如今记忆犹新。他说先父风流潇洒，写得一笔好字，当先父写字的时候，吴先生常在一旁拉纸，因此先父就也写了一幅《滕王阁序》送给他。五十年了，当然这幅字没有了，记忆却永留，这不就够了嘛！

先父后来到板桥的林本源①那里做事，我母亲是板桥人，所以他娶了母亲。他后来到日本大阪去，在那里生下了我。我的母亲告诉

① 林本源是一个家族的名号，俗称“板桥林家”，为台北地区漳州人的领袖，有“台湾第一家”之誉。

我，我们从日本回台湾时，我三岁，满嘴日本话。在家乡头份，我很快学会说客家话，不久，先父到北京去，我跟着母亲回她的娘家板桥，我又学说闽南话。然后，五岁到北京（我所以说北京，因为那时是民国十二三年，还叫北京）。据母亲告诉我，我当时的语言紊乱极了，用日本话、客家话、闽南话、北平话表达意见。最后，很快地，就剩了一种纯正的语言——北平话。我现在只能听懂和说极少的客家话，虽能说全部的闽南话，但是外省朋友听了说："你的台湾话我听得懂！"本省朋友听了说："你是哪里人，高雄吗？"这是因为高雄地区的闽南话比较硬的缘故吧！而且闽南语系有七声，北平话只有四声，用四声去说七声的话，所以有荒腔走板的毛病。

文中阿烈哥哥是我的堂兄林汀烈先生。当年先父要他到北平去读书，他却一心一意地爱上了戏剧学校①，他想去考，先父不答应。戏剧学校虽然没进成，却自己学会了一手好胡琴。我曾跟他开玩笑说："你如果当年真进了戏剧学校，跟宋德珠②、关德咸③他们是同辈，说不定你林汀烈真成了名须生呢！"阿烈哥哥是个老实人，他在光复初任职于中广公司，后来回家乡，现任职于头份镇公所。

我的第二故乡是北平，我在那里几乎住了一个世纪的四分之一。

---

① 京剧当时在北京主要有两大科班，一是富连成，培养出了喜、连、富、盛、世、元、韵七期学员；另一个就是中华戏曲学校，培养出了德、和、金、玉、永五期学员。

② 宋德珠是京剧史上武旦挑班的第一人，集京朝派武旦、刀马旦精华之大成，与李世芳等并称"四小名旦"。

③ 关德咸是中华戏曲学校培养出来最早走红的尖子老生，曾在中华戏曲学校德字科坐班学戏。

因此除了语言以外，我也有十足的北平味儿，有些地方甚至“比北平人还北平”。

文中提到的瓞叔，是我最小的叔叔林炳文先生。他当年和朝鲜的抗日分子同在大连被日本人捉到，被毒死在监狱里。先父去收尸回来，才吐血发肺疾的。瓞叔最疼爱我，我在北平考小学是他带我去的，第一次临“柳公权玄秘塔”的字帖，是他给我买的。我现在每次回头份时，瓞婶见了我，触动她的伤心事，总要哭一哭。

我现在很怀念第二故乡北平，我不敢想什么时候才再见到那熟悉的城墙、琉璃瓦、泥泞的小胡同、刺人的西北风、绵绵的白雪……既然不敢想，就停下笔不要想了吧！

（一九六四年四月）

第二辑 台湾

新竹白粉

无论是南下或北上的火车，到了新竹站的时候，火车上的小贩除了卖新竹特产的椪柑以外，还有卖“新竹白粉”的，但是生意却很清淡。第一次我从头份老家回到台北来，在火车上一下子买了八盒双桃为记的新竹白粉，不但同车的乘客惊异地注视我，就是连卖粉的孩子，也有点儿莫名其妙。当时我究竟为什么要买这样多的粉呢？送人呢还是自用？全不是，我只是觉得对它有一种亲切感，它是我家乡的产物，许多年我没有见到它了。可怜它现在竟沦落到没有人理睬的地步，它也曾有过全盛时代呀！

母亲最喜欢用新竹粉，但这也是早年的事了。在北方住的时候，碰上家乡寄来许多盒新竹粉，妹妹也从福建寄来许多福建粉，于是母亲的化妆箱里就堆了几十盒各样味道的粉。有一种粉像肉桂的味儿，有一种粉红色的粉，没有什么用处，我常常拿来给小妹搽了开心。后来这种粉在我家绝迹了，原因是和家乡已许久音信不通。所以，当我在火车上听见卖新竹粉时，不由得引起我幼年的许多回忆，就连母亲搽粉的方法我都想起来了，她不用粉扑，只用手在粉块上抹抹，然后搽在脸上。

新竹白粉在全盛时代，曾经开拓过海外市场。但是自从舶来品充斥市场后，新竹粉渐渐地走向下坡路。在台北，我曾试着到各化妆品商店和卖化妆品的摊子去问，新竹粉竟不可得。新竹粉的创始，是远在七十年前的一个叫“金德美”的铺子，那时制粉都是以牛来做动力，牛做工时要遮住眼睛，所以那时笑话年轻人戴眼镜就说“金德美的水牛”，可以想见金德美是多么出名。

现在制新竹粉在新竹市还有一个部落，就是在新竹车站向南走去观音亭的附近，这是新竹粉的发祥地，但是因为不改进，也就在这儿萎缩下去了。

(一九五〇一月二十一日)

爱　玉　冰

长夏的台湾，冷食店和冷食摊，很早就开始活跃了。冰砖冰糕固然是冷饮中的“前进者”，可是具有台湾乡土风味的冷饮物却也不少。台湾的劳动阶级，仍然是对本乡本土的冷饮感觉兴趣，因为他们认为只有这类的冷饮，才真正使人喝下去以后，感到内心的清凉。而且价格便宜也是主要原因之一。

在许多乡土冷饮中，最叫座儿的应当是“爱玉冰”，它是一种冻子，加入甜汁喝，每碗只要一毛钱。爱玉冰是热天的“马路天使”，但却难登大雅之堂。

爱玉冰的原料是一种植物叫作爱玉子的，不过它还有许多别名，如“玉枳”“草枳子”，台北大半叫它作“澳浇”，但是“爱玉冰”三个字好像更能引起人们的美感。它是在山里不用种植的野生蔓，从大树根或岩石角绕着长上去，结着好像无花果样的果实，就是爱玉子。把果实的外皮削开，附在皮里有一种粉样的微粒，就把这种东西用布包，在水里揉它，从布里挤出来是油滑的黏液，过半小时就会结成半透明的黄色冻子了。

每年八月到十一月是它的成熟季，采爱玉子也是乡人的职业，这种工作并不是很简单，而是艰苦危险的，因为爱玉子是附生在一千公尺以上的山中，缠在木或者岩角上，割取它当然不是容易的。

关于爱玉子还有一段民间史话：

一个从山中过路的人，因为口渴想在路旁的小溪里取一点溪水喝，但奇怪的是溪水不知为什么会结成冻子了，他后来发现，是溪旁树上生的一种植物的果实，裂开后落在水里所致。于是他发明了这种冷饮品，就做起生意来。他有一个美丽的女儿叫作爱玉子，帮他做生意，大家总喜欢说“到爱玉子那儿吃去”。于是无以为名，就名之为爱玉子了。

(一九五〇年五月二十七日)

滚水的天然瓦斯

前几天报上登着说，竹南的居民将要利用天然瓦斯[1]来代替煤炭做燃料，每月整个竹南可以省下大量的煤炭。这在整日为选择燃料而伤脑筋的主妇看来，确是最可羡慕的一件事。

有着近代设备的地方，不要说城市，连农村都是用瓦斯。在中国，上海和台北都有这种设备。不过台北的厂房因为第二次世界大战被毁，到现在没有修复。在离万华淡水河边不远的住户，还可以享受到瓦斯的便利。但是台北的瓦斯不是天然的，竹南的天然瓦斯却是台湾的一个“特产”。

从竹南再坐上二十几分钟的汽车，可以到达叫作锦水的地方，这儿便是天然瓦斯的来源地，俗名叫作滚水。锦水是石油矿区，同时生产天然瓦斯。从一九一四年开始掘发油井，第一号油井掘到五百十七公尺深的地方，因为不能防止大量瓦斯的喷出而放弃，第二、三号井的开凿，或者因为瓦斯的猛喷，或者中间发生障碍，都没有达到良好的目的。这样经过十个年头，才在一九二四年开了一个深到八百二十

① 指各种可燃气体，如煤气、沼气等。

公尺的油井，虽然有大量瓦斯喷出，不过这里的瓦斯在一千立方英尺中含有一升左右的挥发油。从这以后，石油井的采掘才慢慢进步。同时，被认为没有用的天然瓦斯，人们也渐渐地懂得利用了。

锦水的居民，最初利用天然瓦斯的方法很有趣：只要在住家门前的池塘里，用铁管把天然瓦斯导入自己家的厨房，就可以烧水煮饭。现在锦水已经有了工厂设备，由厂方把天然瓦斯导入总管，然后分装管道通到用户家里。用户那儿也有炉盘和计时表的设备，好像我们用电灯、自来水一样，按时收钱。

锦水的天然瓦斯还输送到苗栗、竹南、新竹等地。此外竹东、出磺坑、六重溪，也有天然瓦斯，不过没有锦水的丰富。天然瓦斯不但平常住家烧饭用，许多工厂，尤其是砖窑，利用得更多。

在政府提倡禁止伐林和俭省燃料呼声下，瓦斯或天然瓦斯，正是理想的燃料。可惜这种东西怕轰炸管道，而现在台湾正在积极准备防空，所以像台北这样的大都市，在战争没有结束时是不会修复的。连带着，台北的垃圾问题也轻松不了。

(一九五〇年六月十日)

虱目鱼的成长

我们一家人都喜欢吃虱目鱼，它的味道很有点儿像罐头沙丁鱼。同时虱目鱼遍体发着银光，看着很清爽，在鱼摊子上，很容易因为它比别的鱼新鲜，不由得把它买回来。

讲到虱目鱼的培养，是很有趣的事。每年到清明前后，虱目鱼卵不知从什么地方涌到了台湾的南海岸，这时沿海的渔夫就要忙捕鱼苗。有人说虱目鱼的鱼卵，在菲律宾就产下了，随波逐流漂流到台湾的海岸，才出卵成苗。不管怎样吧，反正渔夫们在这个时期都忙着下海捕苗工作，这个工作相当辛苦。

虱目鱼的鱼苗像针一样，颜色透明，只有它的一点黑斑的眼睛可以辨认。不老练的渔人不易捕到它。它的生命很脆弱，保持它的生存不是一件容易的事。这种鱼苗以前在台东繁殖最多，所以年轻力壮的小伙子，每年成群地拥到台东去捕鱼苗。其他沿海的地方，捕鱼苗的男女老幼也很多。他们辛苦得很，下半身因为泡在海水里，起满了皱纹，让日光一蒸晒，那个滋味可够受的。他们用小布网在海边浅水里捞，真像俗语所说的“大海里捞针”。据说鱼苗最多的时候是在天亮以前，天上还带着星星时。

一个人平均每天可以捕到三百尾，今年的价钱是每尾五分，那么每天就可以赚到十几块钱了。渔夫的生活困难，所以这两年捕鱼苗的人特别多，不然的话，一个人一天可以捕到一千尾的样子。挑选鱼苗用的小竹萎，每担可以装两万尾的样子。

挑鱼篓的人也要有高级的技术，扁担要用富于弹力的，挑的人要一边走，一边颤抖着，为的是使竹篓晃动，鱼苗才不至于死去。

三四月捕到的鱼苗，在鱼塭里培养，经过三四个月的工夫，就可以生长到半斤重，拿出来应市了。现在台北市上的虱目鱼，每两二角五分，价钱还算公道。

从鱼塭里把鱼捉出来，也是个有趣的事。他们在半夜里下手，捉鱼的人先用长竹竿在水面乱打一阵，一边喊着，用各样的怪声气，好把鱼的梦（假定它们有梦的话）惊醒。经过这样乱闹一场以后，再下网捞鱼。据说虱目鱼的胆子最小，这样一闹腾，它们就吓得屁滚尿流，把肚子里没消化的食物排泄得一干二净，运到北部来销售才不至于腐败。

（一九五〇年七月十五日）

珊　瑚

前些日子麦帅[①]来台湾，带来了一盒名贵的巧克力糖给蒋夫人。蒋夫人也在麦帅临走的时候，给他一盒台湾特产珊瑚制的装饰品，请他转给麦夫人。

珊瑚做的装饰品，价钱相当贵，一只小小的别针就要二十几块钱。市面上卖台湾特产的商店里，虽然陈列着各式各样用珊瑚制成的装饰品，注意的人却不多。在从前，珊瑚是为外销的，如今这个市场冷淡得多了，这确是很可悲的一件事。

珊瑚，许多人还不知道它是什么东西，有人只知道它是生在水里的，有人以为它是一种植物，甚至于有的人以为它是一种像玉一样的在水里生的矿物。这都错了，珊瑚是一种动物的名字，属于腔肠动物珊瑚类，产在热带的深海中。因为这种动物都是群体相结成树枝的样子，所以一般人会误认它是植物。它的枝状的表面，附有连续的肉，肉上有多数水螅体，叫珊瑚虫，内部是由石灰质或者角质的骨骼组成的。珊瑚虫是圆筒状，有触手八枚或者还多；触手的

---

① 即美国著名军事将领麦克阿瑟。其于一九五〇年七月三十一日访问台湾。

中央有口，口跟内腔中的管状食道相接。各个体都是雄雌不同体。它们的生殖也是有性别的，可是很多是由出芽而营无性的分裂生殖法，形成树枝状的群体。我们拿来做装饰的就是它的骨骼，因为它的颜色光泽而美丽。

产珊瑚最多的地方，是在热带或亚热带里接近陆地的海洋中。像太平洋南部有许多珊瑚礁，就是这种珊瑚虫骨骼凝成的礁石。

台湾的珊瑚是产在澎湖，在澎湖县望安岛南部二十海里地方，有一片广阔的珊瑚渔场。在从前大量开采的时候，澎湖县的居民多半靠采珊瑚生活，曾经有过三十几条采珊瑚的动力船，不停地在工作着，因为它是对外贸易的输出品。澎湖是个不毛之地，人民的生活很是艰苦，大家吃着番薯充饥，但是妇女们都戴着名贵的珊瑚首饰，这真是一个讽刺的对照。不过在第二次世界大战的时候，采珊瑚船都被日本人征用了，因为那种船在五百吨以上，相当有用。现在要想恢复起采珊瑚工业来，当然不是一件简单的事，只好让那红润光彩的名贵珊瑚埋没在海底，那些采珊瑚的人也只有望洋兴叹了。

打捞珊瑚不像捕鱼那样简单，从打捞到装箱外运，真不是一件容易的事儿。船上要有测候的设备，打捞的人都要有专门的技术，船上有沉重的钢索，到达渔场的时候，把钢索放置下去，打捞时船走的速度和范围，提取时候的快慢，都足以影响到珊瑚的完整或破碎。完整的可以值大钱，做女人首饰的，不过是那些零碎的破片而已。

生在海岸边的不值钱的白珊瑚，是澎湖地方用以代替水泥铺道用的，所以在澎湖常常可以看见洁白的珊瑚道路。只是走在上面，未免心情沉重，因为他们原可以采珊瑚为生，如今却落得走着珊瑚地，戴着珊瑚首饰，却吃着干番薯过日子。

（一九五〇年八月十二日）

说　猴

有人送给单身汉一只猴，安慰他失恋的痛苦和今后的寂寥。那人告诉单身汉说："它归了你，就不会离开你。"果然，那只小小的猴子紧紧攀在失恋者的胳臂上，眨着猴眼儿，噘着猴嘴儿，吱吱地小声叫着。单身汉忧戚的脸上，展开了失恋后第一次的笑容。

进化论说，人是猴变来的，引起了宗教上的争执，不要管它吧，好在那是太老年间的事儿了。但猴代表了聪明，并且有人类的智慧，总是无可否认的，何况它现在又比我们先一步升入太空，又做了我们"进化"一步的先锋呢！

台湾农家有养猴的风俗，尤其是家里饲养着猪、鸡等家畜的，更喜欢养一只猴子。据说猴子可以使这家的人口平安，并且家畜不会闹瘟。他们总喜欢把猴子拴在猪槽的旁边，认为这样会使猪更肥大，家庭的财气更兴旺。

在台湾捕猴的地方，有恒春的山地和台北附近文山的山地。猴既是聪明且又爱恶作剧的动物，捉捕起来很不容易。不过它终也逃不过它们的"后代"的掌握，这就是进步和落伍的区别。捕捉猴子的方法，大半都是在山里放置特造的木槛，里面放些甘薯，当猴子跑进吃甘薯的时候，旁边藏着的人就把木槛的门关上。听说以前在文山区可以捕到成群的猴子，捕者大规模地预备下几天的食物，让猴子们吃个痛快，然后束手就擒。捕猴者还有个习惯，就是从捕到的猴子里面释放出公猴和母猴各一头，也无非是让它们继续繁殖的意思。不过现在台湾的猴子已经渐渐减少，人口却渐渐增加。当然，我的意思并不是说，这些年里台湾的猴子，有许多变成了人，报了户口；我是说，人多了，对于猴子的危害加大，说不定它们越要躲进深山密林了。

曾看过一本《生活》画报，刊载着关于印度猴子的图画和描写。印度的猴子的繁殖，可说是到了可怕的现象，猴子和印度人几乎是共同生活了，而且常常有伤害人的事情发生。印度人对猴子和牛两种动物是禁止屠杀的。不但如此，他们还敬猴为神。印度有一段神话传说：

古代的印度有一个“猴酋长”，名字叫作哈奴满[①]，它有一次领着它的部下救过一位美丽的公主，于是印度人为它盖了一座庙纪念它。庙里有一句题词说：“哈奴满是智者里面最聪明的。”

印度人还把哈奴满印成五彩的半猴半人肖像，有许多人家都挂着这种猴像。猴子在印度已经达到横行无忌的状态，它们不但在大街上与人类同处，同时还随意地跟人们开玩笑。有一次，在一列火车上，猴子们爬了上去，把卧车上旅客的床单拖到站台上乱跑，又有一只猴子把牙膏挤在睡着了的旅客的脸上、衣服上，弄得一塌糊涂。

有时候，猴子在某个地方繁殖得太多了，印度人也只是把它们

① 也称哈奴曼（Hanuman），是印度史诗《罗摩衍那》中的神猴。

捉起来，用大卡车运到较远的深山或森林里放生。印度的粮食部长也曾警告人们说，印度已经因为猴子而发生粮荒，因为它们把印度人还吃不饱的粮食又分吃了许多。但是印度人不敢从日常生活里把猴子排斥出去，只好听任它们与人争利，甚至也没有希望和它们订立共存的条约，因为这两种同一祖先的动物，现在已经不能共同使用一种语言了。

猴子在中国，也曾给我们的文学增添了一番热闹，一部《西游记》，如果没有那位智者中最聪明的“文学的猴子”，岂不就寂寞许多！

（一九五〇年十月十四日）

台北温泉漫写

洗温泉是台湾生活里的一个享受。它可以达成游山、玩水、休息、疗病、避暑几个目的。像目前这个秋高气爽的天气，离开城市作周末的旅行，最好的地方就是到有温泉的名胜地。

台湾全省都有温泉的分布，北部的温泉比南部更多些。提起洗温泉，人们就会联想到北投。其实台北附近的温泉胜地有好几个，今日的北投温泉的烦嚣情形，已经失去旅行的真正目的了。

台湾的温泉，知名的有新竹的井上温泉，台中方面丰原的观音温泉，水里坑的东埔温泉，台南的关子岭温泉，恒春的四重溪温泉，花莲的深水温泉、瑞穗温泉、玉里温泉，台东的知本温泉、虷子仑温泉，宜兰的礁溪温泉、圆山温泉。台北除了知名的草山、北投以外，还有乌来温泉、金山温泉、天母温泉。

全省温泉的水质并不一样，可以治疗不同的病症。像草山、北投的温泉，有浓厚的硫黄气味，乌来或金山的却没有那么厉害。

讲到温泉之源，就要知道一些台湾的山脉情形。台北方面的温泉，大半源于大屯山脉，大屯山是台湾唯一的火山山脉。比如大屯山的最高山峰是七星峰，七星峰的山体龟裂，大量的硫黄液体流出来，就成了温泉。北投、草山、金山等温泉，就都是源于七星峰的。

离台北市最近的，实在是在士林东北的天母温泉，据说它可以治疗贫血、妇科、性病、神经系病、脚气，等等。当初天母温泉的导引，是一件很冒险的事，因为天母温泉的来源处，那座无名溪里有大毒蛇，去测量和导引的人都是冒着生命危险的。

北投温泉是历史最久的温泉。当初北投是高山族居住的地方，清朝采磺就在这里，和高山族人以物交换，这在许多台湾历史上都有记载的。至于后来开拓温泉供浴，听说是始自一个德国人。现在北投是台湾温泉最热闹的地方，卖淫、凶杀、抢劫，样样具备，已经成为一个罪恶的泉源了。

草山温泉的出名，也与草山的景致有关。草山不但温泉眼到处涌出，而且在山上你可以享受长夏台湾的美，深山幽谷，小溪流水，沿山都是花树，台北平野尽入眼底，背后就是七星和大屯山峰。

金山温泉，俗名叫作金包里温泉，是台湾名胜之一，在基隆附近。这里的风景美丽，竹子山、磺嘴山、七星山，远望群山，碧空缥渺，冒着温泉的热烟，一片迷茫。下面海滨喷着白色泡沫，渔网摇曳，处处令游人心醉。这样的美景，是温泉所在地的最好条件。

进入山地的乌来温泉，也是一个风景区，乌来的美，是在你深入山峦后才感觉到的。听百鼓齐鸣般的瀑布声，看它从峭壁上万古长流地放下一条水帘，真有一种超尘出俗的感觉。乌来的温泉反被瀑布和山色给压下去了。

（一九五〇年十月二十一日）

鲈鳗和流氓

台湾人管流氓叫作“鲈鳗”，像太保之类的学生就叫“鲈鳗学生”，小孩子淘气顽皮，大人总叫他“鲈鳗仔”。但是大家不知道典故是从哪儿来的。

鲈鳗是生在淡水里的鱼，体呈圆柱形，皮很厚，鳞却是细软到几乎不可辨认。皮上有胶质的黏液。台湾人很讲究吃这种鱼，据说是补品。不过很难捉到它，小的可以钓起来，大的到一丈多长，像大汤碗那样粗，怎么能钓得起来呢！据说捕捉鲈鳗的方法是很有趣的。

鲈鳗有的时候会到岸上来吃草，在它经过的地方，身上的黏液就会留下一条痕迹，它下次再上岸还是走这条旧路，于是一次一次地，黏液加厚起来，太阳一晒，这条路就发出光亮。捕鱼的人认清了这条路以后，就在这条路上先横着埋上一排刀，刀刃向上，然后在最后埋上一把直着的刀，要很锐利的。横的刀是为的鲈鳗从这里经过的时候，会把它身上的黏液刮掉，因为鲈鳗的黏液是具有保护它自己身体的效用。那么当它肚子上没有了黏液，而经过直刀的地方，便很容易地割破它的肚皮。但是顽强的它，也许不会立刻死去，一直到它回到水里，破肚皮里灌进了水，才算活不了，死后浮到水面上，就可以很顺利地捞到它。

流氓为什么叫鲈鳗，也许是因为他们“贼鬼溜滑”，像身上有黏液的鲈鳗一样，不容易入法网。也许是因为他们虽然顽强，但是终归没有好结果，而成为人类的盘中餐。听说流氓都很喜欢吃鲈鳗，为的是随时补他们的容易亏损的身体，这真是同类相残了。

（一九五〇年十一月十一日）

台湾的香花

有人说台湾是个“花不香，鸟不语”的地方，后者我也颇具同感；说“花不香”，我却难同意。台湾的香花我可以举出许多种，而且都是常见的。

银厚朴　就是玉兰。我记得在北平玉兰很娇贵，据说要用香油做肥料培养。但是台湾的玉兰树却很高大，走在巷子里可以看见住家的院子里出墙的玉兰，并闻到它的香气。玉兰是常绿乔木，原产地是中国大陆，不知何年传到台湾来，水土相服，反而繁殖。它的叶子像蜜柑的叶子，普通都是花开八瓣。

夜合花　样子很像玉兰，不过花朵较小，花瓣没有玉兰那样长，乳白色，通常只有六瓣。树干也像玉兰那样高大。

唐黄心树　俗名叫“含笑”，一个很可爱的名儿。灌木，花是白色的。花未开时被褐色的毛包住，开时香味很浓，花的形状也很可爱。

茉莉花　是台湾盛产，除了做茶的香料和制造香水以外，妇女们都很喜欢用它做发饰。茉莉属木樨科，叶对生，花白色，共有五瓣。

素馨　俗名又叫“秀英”，是蔓状的灌木，花开白色。

山栀　台湾人管它叫作“黄枝仔”，树姿既美花又香，它是属于常绿灌木，人家的庭院里都喜欢种植。同时也是做台湾名产包种茶里的香料用。把黄枝仔放在包种茶里一昼夜，香气已足，就把花弃掉，不像茉莉似的随着茶叶泡在水里。黄枝仔是黄色的，花瓣很大，同时还可以做黄色的染料；据说菜场黄色豆腐的颜色，就是用黄枝仔染的。

树兰花　也是做茶叶香料用的。它的花是浓黄色的粟状，在枝上群生，不但香，而且有特种的美。

莺爪花　也叫作“鸡爪兰”，是常绿蔓状植物，人们喜欢用它做栅栏。茎和叶都是浓绿色，花也是黄绿色的。据说有一种绿色的毒蛇喜欢盘在这种树上。它的花瓣细长像爪形，所以有爪兰的命名。

桂花　大家都知道是黄色的，但是台湾的桂花却多是白色的，也是一样的清香。

月橘　常绿灌木，枝叶密生，开白色的香花，住家常常种了做矮墙。

月来香[①]　在北平叫作“晚香玉”，台湾也很多。细长的茎，细长的叶，开着迎夜发香的白花，花姿很美。

水仙花　台湾的水仙花也是清香扑鼻的，据说它的祖籍是福建漳州。近正月的时候开着白色的花。

这样看来，说台湾“花不香”实在是很冤枉的。

（一九五〇年十二月二日）

① 似应为夜来香。

艋舺

万华和延平路是本省人聚居的地方，许多地方还保留着真正的台湾风味。日本虽然窃据五十年，一直没能改变它。就拿名字来说吧，万华是在日本大正十一年改的，原来是叫艋舺。延平路一带日本人叫作太平町，原来的名字叫大稻埕。台湾人一直不喜欢用日本名，提到这两个地方，总是说艋舺，或者大稻埕。艋舺和大稻埕代表着台湾固有的风习，尤其前者更古老些，有台北就有艋舺了。当初艋舺是台湾北部最热闹的地方，台湾有句老话儿说：“一府二鹿三艋舺”，府是台南，鹿是鹿港，如今这三个地方都失去当日的光彩了。

艋舺面临着淡水河，当初是北部的码头，从福建来的台湾人的祖先，都要在艋舺上岸。在汉人没有到达前，艋舺是山地同胞居住地。他们在淡水河里划的一种独木舟，叫作艋舺，因此这地方也就被叫作艋舺了。汉人越来越多，把高山族全挤到山里去。在清咸丰初年，淡水河床被上流冲下来的砂子填浅，不能当作码头用，而这时大稻埕也日渐繁荣，就把艋舺的盛况夺了一部分过去。

艋舺原是高山族语的译音，所以最初也有谐音作“莽葛”或“蟒甲”等名的。这在前人的文献里都可以看到，像清朝郁永河的《稗海纪游》，有一天的日记里就说他曾坐一种用独木镂成的番舟，可以容两个人，对面坐各划一桨渡河，名字叫“莽葛”。又黄叔璥的《台海使槎录》里也说他过淡水港时坐的是“蟒甲”，都是指的后来的艋舺，现在的万华。

许多台北人还是喜欢到艋舺去买东西，艋舺的东西也的确便宜一两成，不过没有什么时髦的东西就是了。所以照顾艋舺的人，大半是台北四乡的庄稼人，他们由新店、景美，坐着方便的火车，一直就到了万华站下来。

万华的夜市是很有名的，到了夏天的黄昏，许多人喜欢去赶万华夜市，这也可以说是台北著名风情之一。游台北不去万华，正像逛北平不去天桥一样。

（一九五〇年十二月二十三日）

二百年前的北投

从文献会出版的《稗海纪游》(郁永河著，方豪校订)里，可以看到二百年前蛮荒瘴疠的台湾，和今天的进步情形比较起来，真是有天壤之别。

《稗海纪游》是清康熙三十六年，郁永河从福建渡海来台，当年四月由台南到北投采硫磺时所记的日记。从台南到北投，现在坐火车不过九小时，可是在二百年前，郁永河却尝尽了千辛万苦。那时的北投也不像今天这样的花街柳巷，使人留恋。而是人们一提起就“唏嘘悲叹，如使绝域”的地方。大家都劝他不要冒险，说：

> 客秋朱友龙谋不轨，总戎王公命某弁率百人戍下淡水，才两月，无一人还者；下淡水且然，况鸡笼、淡水远恶尤甚者乎？县役某与其侣四人往，仅以身返，此皆近事，君胡不自爱耶？

但是郁永河却笑着回答说：

> 吾生有命，苍苍者主之，水土其如余何？余计之审矣，不

可以不往。

他到底还是不要命地去了。现在我们逛北投是不需要“拼命”的。而且基隆淡水也无“恶”之可言。

郁氏一路经过各番社，自从斗六门以上，都是荒芜之地，森林蔽天，麋鹿成群。他的交通工具是笨重的牛车，有时候是：

一路大小积石，车行其上，终日蹭蹬；加以林莽荒秽，宿草没肩，与半线以下如各天。

有时候是：

溪水湍急，役夫有溺而复起者，奴子车后浴水而出，比至，无复人色。

有时候是：

途中遇麋、鹿、麏、麚逐队行，甚伙，驱猃猲获三鹿。既至南嵌，入深箐中，披荆度莽，冠履俱败，真狐狢之窟，非人类所宜至也。

那时的台湾，显然是一个不经人工整理的天然大动物园。其动物种类之丰富，决不是今天的圆山动物园所能比拟的。

五月才到了北投开始采硫，现搭住屋，安顿下来。今天我们到北投洗硫磺温泉是一种享受。但是在二百年前，北投却是个“水土害人，染疾多殆”的可怕的地方。郁氏起初不信，果然采硫工作开始不久以后，工人十之八九都病倒了，最后连厨子也躲不过，在郁氏“一榻之侧，病者环绕。但闻呻吟与寒噤声，若唱和不辍。恨无越人术，安得遍药之?”最后只好“乃以一舶悉归之”了。

今天的北投，“水”是治病的，“土”也不会使人“染疾”。不过另外有一种“文明病”在传播罢了。

著者百折不挠的精神，实在令人敬佩。连雅堂[①]先生在他主编的《台湾诗荟》重载《稗海纪游》的跋里也曾说过：

> ……永河字沧浪，快男子也。康熙三十六年春，自省来台，躬历南北，采磺北投，事毕而去。观其百折不挠之精神，足使人起敬。书中所载，山水险阻，瘴毒披猖，以今视之，何啻霄壤。夫北投者，今日之所谓乐土也。歌舞楼台，天开不夜；山温水嫩，地号长春。而在当时，几于不可一朝居，此则人治之功，而沧浪之开其始也。

① 即连横，字雅堂，又作雅棠，台湾台南人，台湾历史学家，著有《台湾通史》等书。其主编的《台湾诗荟》月刊，专收文言作品，以“抒雅扬风之篇”“道德经论之具”为倡言。——编者注

这样看来，郁永河可以说是北投的开山老祖。今天到北投“游焉、息焉”的人，看到眼前的繁荣太平景象，想着当年郁氏的出生入死、披荆斩棘的情形，不会相信这就是二百年来同一的一块地方。而北投的侍应生们如果“拜拜”的话，也应当不忘给郁氏烧一股香才对。

（一九五二年二月十七日）

猪　哥

台湾人常常拿“猪哥”这两个字来骂人，骂小孩吃饭样子不好看，说他是“猪哥神的”（猪哥的神气），或者“亲像猪哥”（好像猪哥）。骂人脸长得难看，说他是“猪哥面”，嘴翘着说他是“猪哥嘴”，猪哥何其不幸！

“猪哥”就是种猪，普通养猪人家的公猪都是被阉过的，不能接续香火，所以母猪是要靠“猪哥”来生产的。专有一种人饲养“猪哥”，这种人被称作“牵猪哥的”，被认为台湾三百六十行里最低下的一行。“牵猪哥的”差不多是近乎乞丐这一类的无业游民去做。到了母猪该怀孕的季节，“牵猪哥的”就该牵着猪哥到各处“出差”。在那几小时的神圣的时间里，“牵猪哥的”责任很大，如果他看见猪哥和猪母很快乐地在一起，那么他当然也很快乐，台湾有句歇后语说：“牵猪哥的——趁畅”，意思就是说：“牵猪哥的”赚快活。

接交工作完了之后，“牵猪哥的”就随便把面盆里的冷水向猪哥和猪母浇去，然后嘴里念上两句喜歌儿：“湳一下冷水给汝生十二只美美。”（浇一下凉水让你生好好的十二只。）猪母的主人就会递一个红纸包给牵猪哥的，里面是报酬。

“牵猪哥的”职业最被人看不起，猪哥也是当作骂人的话，然而猪哥的职务是如此神圣！如果没有猪哥来接种，到后来人们岂不要“食无肉”？

（一九五一年四月十日）

台南“度小月”

我们这次旅行，在台南只有半日的勾留，台南是台湾古都，庙宇最多，不过在大陆上看过了名山大刹，台湾的庙就没有什么可看的了。走马观花地把赤嵌楼、郑成功祠看了一遍，主要的还是去中正路吃“度小月”担仔面。在台北我们已经吃腻了担仔面，因为它是千篇一律的味道。后来我们在熬夜饥饿的时候，便改吃门前江北佬的馄饨了。但是“度小月”的担仔面却的确是别有风味，不可不尝。

“度小月”用的面和一般台湾担仔面是相同的，所不同的是面的浇头。它是把精肉屑和猪肝等制成的卤酱在面里放上几小匙，再放一些香菜、两枚熟虾、一点蒜酱，浇上两勺虾汤，便成了“度小月”的特殊味道。听说这肉屑的卤是几十年传下来的，好像北平月盛斋的酱肉卤一样。

“度小月”设在台南热闹中心的中正路上，现在的主人是洪再来，他每天可以卖到二百碗的样子。洪再来就坐在门口儿的面担子里面，有几只小凳围着他。你如果怕难为情，可以到里面的方桌上去吃，但是大多数的人都喜欢坐在担子旁，看他用熟练的手法，把一碗碗的面做好，递到食客的面前。“度小月”有两个特殊的标志，门上一个纸灯笼和门匾上画的小帆船。这里有一段克难的故事：

洪再来的父亲洪芋头是以行船为业的。芋头从母亲那里学来了这特殊味道的肉屑面，常常在行船之前亲自做了给朋友们吃。行船的人遇到风雨来临不能出船的季节，最为苦恼，所以芋头的生活也相当清苦。后来朋友们建议，为什么不在停船的淡月里，卖卖家传肉屑面来补助生活呢？于是在淡月来临的时候，芋头便挑了面担去卖面，结果生意很好。每天晚上他点上一个纸灯笼，上面写着“度小月”——度这清淡的月份的意思。洪再来自小跟着父亲卖面，当然也学来了这份手艺。台南后来失去海港的作用，洪再来便以副业为正业了。但是他为纪念先人，特在招牌上画着船，门上挂着灯笼，表示饮水思源的意思。

（一九五一年五月五日）

穿山甲

在延平北路上，偶然可以看见提着一只活穿山甲的乡下人，在待价而沽。穿山甲的重量相当可观，看它浑身鳞甲，可以想象它生活力一定很强。但买的人少，看热闹的人多。

穿山甲是台湾的山兽之一，台湾的民间传说，穿山甲如果走入人家里，被认为不吉之物。可是它却很有点儿用途，穿山甲的鳞甲在中国药铺里是一味药。在台湾，一般人认为它的肉清蒸了给小孩子吃，可以不生各种疙瘩。说它是不吉之物，可是它的鳞甲戴在小孩子的身上或帽子上，却又是避邪的。他们把穿山甲从尾巴上倒数第七排的鳞甲取下来，给小孩子佩带。

穿山甲的价钱并不贵，可是也曾有一度身价百倍，原来在第二次世界大战的时候，日本人发现穿山甲的皮——就是去掉鳞甲以后的那层皮，可以当作鲤鱼皮的代用品，于是捕穿山甲的人大为开心，在台北市附近的木栅，就是产穿山甲的地方，附近居民捕这种动物为生的大有人在。穿山甲并不像普通动物那样繁殖得快，近来它的繁殖率还有累年减少的现象。战时日本人曾有过五千头的逮捕数，几乎要让穿山甲绝了种。到后来也有限定，某些区域是禁捕的。这种动物的存在与否，虽然无关宏旨，可是保持它的存在，也于人无害，何况这也是一种有乡土气息的小动物呢？

穿山甲是在夜间活动的动物，捕捉它不容易。捕捉的时间最好是在暴雨后，在泥路上追踪它的足迹，然后找到它的栖所。因为大雨常常使它的窝闹水灾，它不得不出游，否则的话它是很少出来的。找到了它的所在，就用木石封住了洞口，再去邀人，带着掘具去掘取，有时候掘到半路也许会碰到岩石，发生伤脑筋的事。

在医学发达的今天，偏方草药已经失去它的价值，所以卖穿山甲的人，拖着这个笨重的家伙，在延平北路上徜徉终日，常常是问津乏人，行人开开眼就走了。

（一九五一年五月十六日）

相　思　仔

有人以为台湾的相思树就是“红豆生南国，春来发几枝。愿君多采撷，此物最相思”所说的红豆，实在不是的，它是属于常绿乔木，虽然也结豆，却不是红豆，而是长长的豆荚。

相思树在台湾人的生活里，价值很高，它不但可以烧成木炭，同时因为木质坚固的缘故，也是造船的优良木材之一。不但如此，相思树美风姿，还是画家笔下的对象之一。它的姿态柔媚，细长的对生叶，开着黄色的小花，在台湾到处都可以看见——山林、道旁。不过有一个原则，它要在干燥的地方生长，水分多时，它的叶子会脱落。

相思树之所以名相思，在民间传说也有着一段缠绵的故事：

在很早很早的时候，有一对相亲相爱的夫妻，美丽的妻子忽然被一个凶暴的君王看中了，想要占为己有，这对夫妻双双自尽，但是这位君王妒忌心不减，把这对夫妇葬在河的两岸，让他们在阴间的魂都不得在一起。谁知后来在河的两岸竟各生了一棵树，树的枝叶从两岸相向生长，到后来竟枝叶相连，这树就是相思树。

梁启超当年游台时，著有《台湾竹枝词》，曾咏相思树云：

相思树底说相思，思郎恨郎郎不知。

树头结得相思子，可是郎行思妾时。

但今天，相思树却成了主妇的良伴。不久以前，本省为了禁止伐林，同时几种台湾产燃料都因为失去外销而在本省找出路，于是报上竞相刊登广告，“老王卖瓜，自卖自夸”，卖酒精的说酒精合乎卫生条件，卖熟炭的说熟炭合乎经济条件……在争取主妇青睐之下，主妇的眼睛却是雪亮的。就拿我个人来说，我是一个很守法的主妇，受了政府的鼓励后，我试着用木炭以外的燃料，但是我用遍了各式各样的燃料——包括有生命危险的酒精，令人昏迷的炭丸，灰尘四起的熟煤。之后，我才感觉到：“用遍台湾煤，首推相思炭！”

很多主妇不能分别相思炭和其他木炭的不同来，相思炭的优点是因为它耐烧、不爆、火力大，它是沉甸甸的，劈的时候不容易碎，相打起来锵然有金属声；同时从横切面可以看出花瓣般的纹状来。

台湾人管相思炭叫“相思仔”，有亲爱之意也。

（一九五一年五月二十八日）

竹

竹在台湾人生活上的价值，是无法估计的。竹的全部，利用在台湾人生活的全部上——包括衣、食、住。

鲜的笋，在台湾一年四季都可以吃到。笋的种类也随着竹的种类而有不同。这些日子在台北可以吃到的是细长如杆的桂竹笋，上面有紫色的斑纹，这种笋常常也被剥去笋皮煮成酸笋来卖，用它和酸菜与肉红烧，味鲜美，是台湾烹调之一。桂竹多生在中北部海拔三千尺的地方，它在工艺上也有多的用途。

刺竹笋就是皮叶上有棕色毛刺的那种。刺竹在治安上很有用，田家喜欢种它做围墙，因为刺竹性质非常强硬。竹林密生，用它防风最好。做柱做担棒都是用刺竹，粗壮的还可以做水筒。另外像烟管、乐器也都是用刺竹，不过刺竹笋的味道却平淡无奇。

麻竹笋是笋中之王，一个麻竹笋往往有十几斤重，盛产的时候价钱很便宜。麻竹，笋既大，竹当然也是最高大的，它的高度可以到二三十公尺不稀奇，生长在台湾的平地上。它是渔家用来做竹筏最好的材料，其他像汲桶、桌椅等家具，也都是用麻竹来做的。

绿竹在竹中最富风姿，人家庭院里都喜欢种植绿竹，它细杆玲珑，颜色很美。绿竹笋的笋皮略带绿色，味道也很鲜美。

每年到八月，麻竹笋盛产的季节，台湾人还要制作许多笋干。在竹林中盖起笋寮，把要制笋干的笋搬在竹寮里保存。笋干的制法是把笋去掉硬的部分，切成薄片，放在锅里煮一小时，然后放入大笼里，上面用重石压榨，水分就会从笼孔漏出去。白天放在阳光下干燥，夜晚抬进竹寮收藏，干了以后就成黄褐色的酸性的笋干。客家人擅制笋干，它也外销到日本、南洋诸地。

竹可制作的东西太多了，大到盖房，小到做线香的心棒。有一部分销到美国去做钓鱼竿。竹叶做成的笠帽，防雨又遮阳。

（一九五一年六月十一日）

刣猪公

每年农历的七月十九日，是从台北南下火车第一站板桥镇普度的日子。今年虽然本地政府申令中元普度统一在十五[①]这天举行，可是旧俗仍不能免。据母亲回来说，板桥镇及其四乡，今年本来预备刣猪公五百只，可是因为节约吧，结果只有一百多只。最重的有九百多台斤[②]。

猪是好祭祀的台湾人的第一供物，许多人家养猪，不是为了卖钱，却是为了过七月半或者为还愿，同时在这个热闹的节日里，大家宰猪（台湾人叫作刣猪），一方面是为祭祀，一方面也有比赛的意义。所以养猪对于台湾的农村是一件重要的事。

俗语说“牛大不过千斤”，九百多斤的一只猪，其伟大可以想见。但是我曾听家乡人说，二十年前我的家乡头份镇的黄阿石，曾养过一只猪重到一千二百四十八斤，据说是台湾最大的一只猪，至今还没有打破这个纪录的。

台湾饲猪比较容易，是因为饲料不成问题，台湾有的是白米可

---

① 农历七月十五的“中元节”，又称“鬼节”或“盂兰盆节”，有普度、放水灯、跳钟馗、施孤等习俗。

② 台湾市集常用台制，沿用清朝旧有的度量衡，1台斤=600克。

吃。当我刚回台湾的时候，留在北方的一个妹妹曾写信来，要我告诉她一些故乡的景物，我谈到农村生活时，曾说："你在那里开织袜工厂，每天工作将近十二小时，才不过混三顿棒子面窝头，这里的猪却躺在那儿吃白米饭！"不但如此，半年前台糖外销困难，价钱低落的时候，曾经有人提议说，让猪吃白糖比吃粮食还便宜。

一只猪养到成绩斐然，有希望做候选者的时候，主人待它比孝敬父母还仔细，它躺在猪槽里一动也不能动了，主人怕它热，一盆盆的凉水往它身上泼，一个个大西瓜往它嘴里送，甚至煮鸡肉粥和包粽子给它吃。

当它被宰好送到猪架上展览，诸亲贵友也会为了祝贺这只猪公的伟大而包赏金的，于是在主人的门前贴满了红纸条，上面写着"某人赏若干"的字样，当然越多越是主人的光荣。这里我告诉你一个取巧的妙法，你不要以为包赏金是一种损失，因为如果你赏了可以买两斤猪肉的钱，明天主人会送给你比四斤不会更少的一块猪公肉来，何乐而不为呢？

曾国藩在他的家书里常常鼓励他的家人养猪。他的八字诀"考宝早扫，书疏鱼猪"[①]，猪也是内政之要者。如果他生在今日，看见台湾人的养猪热，一定会大开其心的。

（一九五一年九月六日）

① "疏"应为"蔬"。考者，及时祭祀，敬奉祖考；宝者，邻里亲朋，友善相待；早者，早睡早起；扫者，洒扫庭除；书者，勤奋读书，广博求知；蔬者，自耕苗圃，栽花种菜；鱼者，开塘养鱼；猪者，开圈养猪。

爱与牵手

——高山族少女的恋爱生活

高山族女孩子的恋爱生活，极富浪漫意味。女孩子到了可以结婚的年龄，父母便为她们辟室别居，任她过着婆娑无拘束的自由恋爱生活，这时求偶的少年郎们，便可以到她的“绣阁”前吹奏鼻箫或嘴琴，挑逗女孩子的心，向她求爱。在这个专营恋爱的时期里，她可以在所有追求者里面，选择意中人结为终身。试想在那未开化的山林里，月光下，茅屋前，一个健壮的打猎少年，吹奏着他们自制的简单的乐器，唱着他们没有文字的情歌在求爱：

你哪儿去了，我最爱的人！
山高高，海茫茫，我看不到你。
鸟会飞过山，船会走过海，
可是我去不了，
我最爱的人，你哪儿去了？

那个满身装饰着珠宝的女孩子，会闻歌动心，把这可爱的少年迎进茅屋，度那良宵美景最快乐的恋爱生活。这是多么动人的一幕恋爱剧景啊！这样的恋爱才是真正的自由恋爱，是恋爱在大自然和乐声中，是专为恋爱而恋爱，不必为了对方的物质或学问去操心，不必为了环境的一切而过虑。许多文人都曾吟咏过这种原始的爱情，像二百年前郁永河在他的《稗海纪游》里曾赋诗：

女儿才到破瓜时，阿母忙为构屋居。
吹得鼻箫能合调，任教自择可人儿。

当一对男女恋爱成熟时，便双双牵手到她的父母面前，表明他们已恋爱成功互许终身。高山族管婚姻叫“牵手”便是这意思，这“牵手”两字也被台湾的汉人作为“妻”的名称好几百年了。台湾许多文献上都有记载：

女将及笄，父母任其婆娑无拘束，番雏杂还相耍，弹嘴琴挑之，唯意所适，男送槟榔，女受之，即私焉，谓之牵手。自相配乃闻于父母，置酒饮同社之人，自称其妻曰牵手，汉人对其夫而称其妻亦曰牵手。(《诸罗县志》)

婚姻名曰牵手，订盟时，男家父母遗以布，麻达（未婚男子）成婚，父母送至女家。(《台湾府志》)

婚姻无媒妁，女已长，父母使居别室中，少年求偶者皆来，吹鼻箫弹口琴，得女子和，即入与乱，乱毕自去，久之，女择所

爱者乃与挽手，挽手以明私许之意也。(《稗海纪游》)

汉人虽然也称妻为“牵手”，但是汉人的物质条件的婚姻，哪里比得了高山族那样真正相爱而成“牵手”呢！可是话又说回头，经过人类文明洗礼后的高山族，不知他们的恋爱生活会怎样演变呢！

（一九五一年九月二十三日）

台湾民俗杂辑

关于植物的

一年到头“拜拜”的台湾人的供桌上，有几样东西是不许摆上去的。果物中最普遍的那拔（俗名拔仔）就是其中之一。因为拔仔生长很容易，它的籽在粪中也能够生长。我们吃拔仔总是连籽一起吃下，整吃整拉，排泄出来的拔仔籽，在人粪里就可以发芽，为了这样不清洁的缘故，它是没有资格上供桌的。

还有冬瓜也不许上供桌，台湾的冬瓜又大又长，看去像人的身体一样，还有匏（葫芦的一种，可以吃，老了以后可以做瓢。）也像人头一样，都是不许上供桌的。但是芋头却是供桌上必备的供物，因为台湾读芋和兴旺的“旺”音近，取其吉利。

这两年出尽了风头的“月下美人”[1]，传说种植在娼楼妓馆的比较茂盛，正经人家养的就差得多。好像美人多薄命，同病相怜的缘故吧。

有两种植物种植在人家据说是不幸，就是榕树和莲雾（一种美丽

① 即昙花，又称韦驮花。

的水果）。莲雾也是野生才好，如果移植到家里来就会带来不幸。

我曾在《台湾的香花》里写过鸡爪兰花。这种花大都是在四月盛开，妇女喜欢摘下插发。这种花俗名叫“爱困花”，因为它插到头上去就会萎软下来，所以起了这个名儿。

冬荷菜[①]，台湾的俗名叫作“打某菜”，翻成国语就是“打太太的菜”。因为这种菜生的时候看起来一大堆，等到煮熟就剩了一点点。据说有一个喜欢吃冬荷菜的吝啬丈夫，每次回来吃饭，看见原是一大篮的青菜，炒出来竟是一点点，以为是太太偷吃了，就屡次为这打她，所以冬荷菜就有了“打某菜”的绰号。

（一九五〇年十月十六日）

冬生娘仔

从前台湾的女孩子到了十几岁，喜欢做一种小布人，管她叫作“冬生娘仔”。做法是很简单的，用线香棒绑成一个十字形，就是冬生娘仔的骨架，她小如手掌。给她穿上短衣和裤，上面再做一个头，描上五官，脚是缠足型的，所以做上弓鞋。不过“冬生娘仔”只有一只脚，传说她的嫂子很厉害，曾打断了她一只脚。也许因为双足不好做，所以给她按上一个厉害的嫂子。

① 即茼蒿菜。

“冬生娘仔”在福建民间也流行，神话的传说是：从前有一家阔人，生了一个女儿，因为是冬天生的，所以起名叫“冬生”。“冬生娘仔”是花神转世，她在天上犯了罪，被玉皇大帝罚她到尘世走了一趟。所以“冬生娘仔”聪明、美丽，尤其擅长刺绣，无怪女孩子们都要崇拜她。

“冬生娘仔”从小就喜欢刺绣，她曾发过誓，要绣百花开的样式，结果真让她绣成功了。但是只有十九种，原来所差的一种是杨梅花。杨梅花是要在午夜才开放的，而且一瞬之间就谢了，所以“冬生娘仔”永远遇不到杨梅花开。有一年的七夕，家家的女孩子都在做七巧会，“冬生娘仔”却独自徘徊在杨梅树下，静等着花开。但是她不知道什么时候睡着了。等到一觉醒来，十二点过去，杨梅花又开过了。冬生娘仔不禁又悔、又恨。那时在她眼前有许多萤火虫飞来飞去，她在无聊间就拿起小绢扇向萤火虫打去。萤火虫越飞越高，她的轻飘飘的身体也跟着上下前后地打去。追来追去，她的身体太疲倦了，这时不知走到什么地方，道路也认不清了，她急急忙忙，三步并作两步地往回跑，竟一跤跌死在路旁。

“冬生娘仔”的祭日，通常是在正月十五到十七。但是在福建是每年的十二月三十日晚上祭“冬生娘仔”。理由是杨梅开花是在每年的十二月二十九日午夜，如果看见杨梅开花就会把命送掉。因为一说“冬生娘仔”就是好容易赶上某年的杨梅花开之夜，她非常高兴，仔细观察杨梅花的形状以后，预备回到房里去做刺绣的样本，但是不幸中途失足跌死了。

祭“冬生娘仔”的供物有冬瓜、蜜柑、鸡腿等。上完供以后，就把“冬生娘仔”和“床母衣”（一种用纸描绘的生产之神的衣服）一同烧掉。在烧以前，还要唱一个祭歌，歌词因地域的不同而略有变化，大概是这样：

冬生娘仔，冬丝丝。
教阮绣花，好针黹；
绣尫仔，好目鼻；
绣手绣脚，尖溜溜；
绣弓鞋，好鞋鼻。
教阮梳头，好后份。
教阮缚脚，落米升。
教阮排花，兼刺绣。
教阮灵敏，加能溜。
教阮盘马齿，尖秀秀。
教阮画花，花枝清。
教阮画柳，柳枝明。
教阮嫁夫，夫婿和好百年荣。

（上面的歌词，“阮”是我的意思；“尫仔”是小人儿；冬丝丝，尖溜溜，都是形容好的意思。）

闽南的风俗略有不同，他们在供祭的前夕，先把“冬生娘仔”打扮好了，放在厕所里插立一夜，因为传说“冬生娘仔”是失足掉在厕所死的。他们的唱词大概是这样：

冬生娘仔，脸幼幼，保庇阮，也会挑，也会绣。
冬生娘仔，冬新新，保庇阮，有福气，遇贵人。
冬生娘仔，冬妈妈，保庇阮，也会创，也会割。
冬生娘仔，冬西西，保庇阮，嫁好翁，伴好婿。
冬生娘仔，冬新新，保庇阮，父母兄弟，都平安。

这样默祷完了以后，就把冬生娘仔插立在厕所里，同时放着鸡腿。到夜半的时候，还要坐在碓（舂米用的器具）上，默念下面的词句：

坐碓头，善梳头。
坐碓中，夫妇不相冲。
坐碓尾，善炊粿。

然后再走到菜园里，一边摘菜，一边念下面的词句：

折菜，嫁好婿；
折菜心，得万金。
拔葱，嫁好翁；
拔葱根，百子千孙。

最后回到家里来，在路过人家的门前时，撕掉人家的门对，念下面的词句：

撕门联，黄金万千；

撕门对，万千富贵。

听歌词，可以知道“冬生娘仔”的意义，无非是培养女孩子们使成贤妻良母，教她们对于家事更感觉兴趣。

（一九五〇年十二月三十日）

宜子宜孙

热带植物繁殖，动物还不是一样？一位老同学结婚后几次怀胎都不能顺利产出，医生没有办法，只好给按上了一个“习惯性滑胎”的病名。谁知她到台湾来，一连生了两个宝宝，她的丈夫大为赞赏台湾是“宜子宜孙”的地方。

台湾的确是宜于生产的地方，街头巷尾，一年四季都有不少顶着大肚皮走路的女人。可惜的是台湾的女孩子不值钱，接生婆在台湾有个习惯，接出来如果是女孩子，接生费都要打八折。还有句俗话说：

“招小弟仔食鸡腿，招小妹仔食鸡屎。”

意思就是说，生男孩子吃鸡腿，生女孩子吃鸡屎。男尊女卑的观念之深，由此可见。虽然生了女孩子不见得真吃鸡屎，但是对于产妇的待遇确是不同的。

产妇的饮食在台湾也另有一套。她们并不一定吃流动食物，小孩生下来以后产妇就可以吃干饭，最少不得的是煮“鸡酒”吃。鸡酒的做法是把鸡剁成块，和胡麻油、生姜同炒，再放入米酒共煮，香喷喷的，产妇每天都要吃。有句俚谚说：“生过手麻油香，生不过手换三块板。”

意思是说，顺利地生产过后，总会吃到麻油煮鸡的，一个不顺产就许往三块板上一抬，去见阎王爷了。北平也有句俗话形容产妇说：“跟阎王爷隔一层窗户纸。”风俗虽处处不同，但是生产的痛苦对于女人却是到处一样。

（一九五一年一月二十日）

烧金

一个外省人，为了祭他死去不久的母亲，按旧式的规矩，要给死者烧点儿锡箔之类的东西。他到店铺里去买，因为言语不通，而且那天正是台湾人祭土地爷的日子，店员就给了他一叠叫作“福金”的金纸。他回到家里恭恭敬敬地烧了，到后来才知道他的母亲不会得到这笔钱，因为“福金”是一笔指定的专款，专为烧给土地爷的。

台湾人的祭祀里，无论祀天、祀神、祀鬼、祀祖宗，一定要烧纸，就是平常到寺庙里小拜也要“烧金”。台湾的锡箔虽然简单，只在粗糙的小方块竹纸上附着一块金色或银色的箔。但是种类和分别却很多。大体说来，金纸是为神的，银纸才是为祖宗、鬼及丧事所用。金纸又分许多种，哪种神用哪种钱都有一定，不像咱们人间，富贵贫贱都用新台币。它们的分别如下。

金纸共分：

盆金：这种金纸长一尺三寸，宽一尺二寸，是专为烧给玉皇大帝、三官大帝的。

顶极(还分大顶极和小顶极两种）：是烧给一般的神的。

天金(分大小顶极天金、中天金、小天金四种）：是专为玉皇大帝、三官大帝用的。

寿金：一般神用的。

福金：主要是为土地爷，但是一般神也可以用。

中金：祭中坛元帅(镇压邪鬼的神)必得用，又玉皇大帝和三官大帝也可以用。

至于银纸则分大银、小银二种，凡是葬仪、拜墓、祭祖，以及祭一切幽灵邪鬼都可以用。

另外还有黄色竹纸上面并没有附锡箔的，种类也很多，如高钱、白高钱、库钱、外库钱、金白钱等等。有的为酬神，有的为打发神的部下用。

（一九五〇年九月九日）

妈祖生

旧历三月二十三是天上圣母——台湾人称作妈祖的生日。到这一天，台湾各地都举行盛大的祭典，而且各地分区分日举行所谓“绕境”。到那时沿街各户都迎门摆出供桌，爆竹不断地响，线香和金纸不知要烧多少。

妈祖是台湾家庭的供神之一，除了宇宙之神的“天公”(玉皇大帝），还有观音佛祖(慈悲的女神）、福德正神（土地的神、财的神）、天上圣母(航海守护的女神）和司命灶君（灶神），这几位神受着台湾家庭最普遍的供拜，而妈祖的祭日是其中最使台湾人兴奋的。

关于妈祖的传说很多，比较普通的是这样说：天上圣母的本庙是福建兴化湄州岛的天后庙。差不多一千年前，约当宋太祖建隆元年的三月二十三日，福建省都巡官林懿的太太生了一个女儿，就是后来的天上圣母。从出生到满月都没有听见她哭过一声，所以她的父母就给她取名叫“默”。

默八岁就跟着塾师读书，到了十岁的时候喜好诵经礼佛，每天早晚净几焚香，未曾稍懈。十三岁那年，一个老道士来到她家，对默细看之下说："这孩子很有慧根，可以教教她。"于是传授给她玄微秘法，到了十六岁果然神通大显，变化自在，做了不少驱邪救世的事，大家都管她叫通贤灵女。到了二十八岁道成，据说便离别家人，白日飞升到天上去了。有了这样的传说以后，历朝都曾因她的显圣灵验而褒封加封，例如：

宋朝宣和四年时，某次在通高丽的海上，曾因她的神功感应而免遭难，于是当朝建了一个"顺济"庙额。

宋高宗的时候，有一个时期恶疫流行，人们在某个当作药用的清泉所在地向她祈祷，后来果然恶疫消灭，于是她被封作"宗福夫人"和"灵惠夫人"。

宋宁宗庆元六年，正赶上贼乱，官军平乱立功，是因为她的父亲积庆侯的灵感所召，所以封她的母亲为显庆夫人。

元明宗天历二年，她曾因庇护航海而被封为"护国辅圣庇民显佑广济灵感助顺福惠徽烈明著大妃"。在浙闽一带有十八座庙祭祀她。

清康熙二十三年，敕使汪揖到琉球去，靠着妈祖的神助而免海难，于是奏请春秋祀典。

以上是她的正传，至于还有其他的传说，如妈祖是渔夫的女儿等等。总之，一般都认为她是航海的守护神。台湾移民从风浪多险的台湾海峡渡过来，在科学不发达的时代，怎能不把生命寄托在神明的保佑呢！

（一九五〇年五月六日）

妈祖和台湾的神

迎妈祖那天，住在基隆的亲戚请我去看热闹。我想象到基隆那天的热闹，可是没有想到去基隆的火车，竟拥挤到几乎无立足之地。下车后，走过天桥花了二十几分钟才出火车站。站上贴着布告说，为防备今晚南下乘客的拥挤，火车票可以预先发售（普通车票向来是开车前十几分钟才卖的)。

我们正赶上妈祖巡视的行列，几辆扎着花彩的大卡车，载着大大小小的神仙，吹吹打打绕过每一个可以驶进去的小巷。住户的妇女们都被开路的执事们喝令把“不洁之物”——晒在竹竿上的女人的衣裤——赶快收起来，然后跟着一辆辆的花车驶过去。打前锋的有西秦王爷、田都元帅等神，最后才是天上圣母——妈祖，披着红缎绣花的外衣。男男女女的信徒们，都手挽小竹篮，里面盛着香火供物，有的自认有罪的，还在头上戴着纸枷，跟着花车后面跑。最有趣的是田都元帅的车后面贴了一副对联，上联是“先唐大元帅”，下联是“民国老先生”，足证这位神仙已经超越了时代，因此妈祖由鲜花轿改乘载重卡车，也就没有什么怨言了！

迎妈祖为什么又把西秦王爷和田都元帅也驾出来的道理，我不大明白，不过西秦王爷和田都元帅是演艺界所敬奉的神(在台湾北管派祀西秦王爷，南管派祀田都元帅），大概台湾的神太多了，每逢主祀某神的时候，总要有一些陪祀的。

台湾究竟有多少神？有人提出这个问题来，我在日本人梶原通好所著《台湾农民生活考》里看到一篇很详细的调查。台湾的神，可以分成儒教、佛教、道教、杂教四大类，合计起来大概有一百零五位的样子，不过不光是神，也包括“鬼”在里面。正式的庙宇就有将近四千处，供奉着各种的神和鬼。

除了天上圣母、福德正神、观音佛祖这三位最普遍供拜的神外，一百零五位神里比较重要的是：

五谷先帝、太乙真人、水仙尊王、三山国王、开漳圣王、开台圣王、广泽尊王、保仪尊王、保仪大夫、杨五使、杨六使、灵官大帝、五雷元帅、关圣帝君、文昌帝君、孚佑帝君、大魁星君、朱衣神君、城隍爷、灵安尊王、境主公、东岳大帝、护国尊王、顺正府大王公、西秦王爷、田都元帅、盘公公、司命灶君、三官大帝、玄天上帝、保生大帝、中坛元帅、法主公、临水夫人、三仍夫人、九天玄女、李府仙祖、祖师、清水祖师、地藏王菩萨、王爷、注生娘娘、池头夫人。

以上有些是大陆上也有的“全国性”的神，大家都不生疏的，像关圣帝君、文昌帝君、东岳大帝、城隍爷、灶君等。有些是甚至连名字都没有听说过的“地方性”的神。

（一九五〇年五月二十日）

午时水和扒龙船

爱过节的台湾人，现在又到了可以吃、玩一个痛快的端午节了。端午节并不是台湾人独享的佳节，任何中国人对于它都不生疏，可是台湾人过得更热闹些。包粽子，这当然是过端午节的第一件大事，这些日子乡下人挑担着竹叶满街地吃喝，糯米的价钱也比蓬莱米贵上一倍。

和大陆的风俗一样，到端午节，除了包粽子以外，家家门口都挂上菖蒲和榕树枝。台湾有句俗谚说："插榕较勇龙，插艾较强健。"同时全家的人还要用菖蒲煮汤来洗澡。在这一天台湾人还有几样东西要吃的：吃菜豆和茄子，他们说："食菜豆食较老老老，食茄较雀跃。"意思就是：吃菜豆可以长寿，吃茄子更增元气。吃桃和李则要说是："食桃肥，食李美。"总之，在这一天无论吃什么，都要说出重大的理由，至于过完节胃肠病大夫的"雀跃"和"肥美"就是另一回事了。

到了端午节这天的正午，还要做一样要紧的工作，大人孩子提着坛子或瓶子到井边去汲水收藏起来，叫作"午时水"。据说午时水是永不会变质的，收藏密封起来以后，在一年中随时取饮（当然它是很宝贵的，不能每天都喝着玩儿），可以当作解热的内服药；如果遇到什么肿疼的时候，也可以当作外科洗药。俗谚又说："午时水，饮着肥且美。"本来午时水是要利用露天经过日光曝晒的水才合规矩，可是年头儿改了，迷信的玩意儿也不免要随着潮流修正，自来水也勉强算数，只要公司到时候不停水。

《荆楚岁时记》上载："午日竞渡舟，救屈原也。"这种龙舟竞渡的玩意儿，在大陆早已慢慢地绝迹，台湾却是在第二次世界大战期间才逐渐减少的。台湾人叫作"扒龙船"，到时也是锣鼓喧天，两岸的人欢声震天。这一方面虽是纪念屈原，有怀古的意思；另一方面也有给河水驱邪的意思，所以"扒龙船"在端午日以外的日子也可以举行，比如淡水河这一阵子溺死鬼太多了，就可以举行一次。

民国三十七年有一天，由台北开出的火车，走到港仔嘴，忽然失火了。正好这时火车要过河，司机原打算赶快开过了河再停止，哪里知道偏偏在河的中央停住不动了。结果许多人被烧死，另外有许多人跳到河里淹死，造成空前的惨案。以后曾在那条河里举行过一次"扒龙船"，就是为了驱邪。

（一九五〇年六月十七日）

过 七 月

在台湾的年中行事里，农历的七月是一个热闹和浪费金钱的月份。台湾有句俗话说"俭肠勒肚留到七月十五"，意思就是说，无论怎么省吃俭用勒紧肚皮，七月十五总要过的。实在在七月里从初一开鬼门起就开始热闹了。初一当然要拜拜。到了七月七，有孩子的家庭都要拜拜，拜的是七娘妈。台湾人讲究做十六岁，说十六岁就是成人了，十六岁以前是孩子，是由一位女神叫作注生娘娘的来保护。到了十六岁成人，注生娘娘就不负保护之责了。所以有十六岁孩子的家庭，在七月七这天，女孩子开始梳髻，男孩子也打上辫子。当然这是老年间的事儿了，现在应当改成女孩子可以开始原子烫发，男孩子可以开始梳飞机头了吧！

七月七这天拜七娘妈，是供着纸糊的七娘妈亭，这种亭做得很讲究，绿墙红瓦金栏杆，亭里还做着小供桌，上面有银色的烛台等，专有这种"糊纸师傅"做这笔生意。和七娘妈亭同时供在桌上的供物有：红龟糕、末龟、鸡、鸭、鸡蛋、猪肉、鱼、芋、油饭、水果、槟榔、酒、化妆品。

过了七月七，各地方又该分区举行普度了，包括唱戏、杀猪种种热闹。今年本地政府下令说，因为节约时期，所以劝大家统统在十五这天庆祝。但是我的家乡的亲戚们来信说，十五、十六两天都是热闹的，希望我回家共度中元。对于只有一天，想必大家总是不甘心吧，按规矩是十五中元，十八放水灯，十九普度，一直到二十九鬼门关上，这个七月才算过完。

实在说，过这个七月所浪费的就是在"吃"上。家里养猪的要宰猪，宰猪同时也就有养猪的意思，传说某家宰了一只最大的猪，大家都要去看热闹。并且为了庆贺这家的猪养得特别肥大，亲戚朋友好多要赏钱，本家儿墙上贴满了红纸条，上面写着某先生赏若干，某宝号赏若干，红条越多越体面。

至于那头平日养尊处优，吃得比主人还好的猪，这时也得到了报答主人的恩惠的机会，供献出有限的生命来，给主人换回了无限的光荣。

（一九五〇年八月二十六日）

灶君

在台湾，送灶王上天也是在农历腊月二十四这一天，不但是灶王，其他诸神——台湾的神仙很多——也同样上天去。

送神的仪式是先用冬瓜糖、蜜柑上供，然后再把神马和金纸烧掉。送神都是在早晨。到了二十五日，据说玉皇大帝就要下降人世，实地调查诸神所报告的，确实与否。所以这一天不许把脏水乱泼，怕正赶上天神驾临，泼了他一身，岂不失礼。这一天嘴里也不许说脏话、骂人，怕让天神听了去。从二十六日起，家庭里的妇女就忙碌起来，磨米蒸糕，准备过年。

一直到次年的正月初四，又该迎神，就是把去年送上天的那一群神仙再接回来。迎神的仪式是在晚上六七点钟的时候举行。预备上六碗菜和各色果子，自然“拜拜”是免不了的。

为什么送神在早晨，接神在晚上呢？听说这也跟女人家的事儿有点关系。比如女人回娘家，总是早早地走，等到要回夫家，娘家人总是迟迟惜别，所以要到黄昏才回来。这是以女人家的心理去琢磨神仙，真是无微不至。

听说灶君是位美男子，有一个关于灶君的故事，但不知道是属于台湾灶君的，还是所有的灶君都一样。故事是说，灶君是玉皇大帝的第三个儿子，是一个天生好色的美男子，平日行为颇为浪漫，玉皇大帝气得没有办法说："好，你不是爱看女人吗？我封你为司灶之神，让你到厨房里把女人看个够！"但是他到厨房里一看，喝！敢情早晨进厨房烧火的女人们，都是蓬头垢面，有什么可看的？于是他奏上玉皇大帝说，厨房里的娘儿们长了一头虱子，下床手脸不洗就拿锅烧饭，并且爱说肮脏话。于是玉皇大帝给厨房定了禁例六条，来管教厨房里的女人们。

又听说灶君是个敬惜字条的神仙，他不许人在灶旁读书，也不许用字纸烧火，如果犯法的话，要叫他肚子痛。

（一九五〇年二月十一日）

年的准备

从旧历的十二月十六日，宰鸡杀鸭，供拜福德正神，度过这一年的"尾牙"以后，家家户户就要忙着有关新年的准备了。

二十四日的"送神"是一件大事，把属于玉皇大帝派到人间的诸神送上天去，做这一年的“施政报告”。这些神仙要在明年的正月初四才回到人间来复职。

蒸粿是家庭主妇的一件大事，许多人家都是自己磨米来蒸。蒸粿的工作大半是在二十四日送神完了以后就开始准备了。

有四种粿一定要做的，就是：甜粿，用糯米粉加糖蒸的；发粿，用米粉加糖发酵后蒸的；包仔粿，就是肉馒头，或者咸粽子；菜头粿，用白萝卜擦成丝和在米粉里，再加香菇、虾米等蒸成的。到了大除夕，又是自家一番供祭，如果自己有佛堂或家庙的，就在这里举行辞岁，一家老小团聚，大吃大喝是不必说的了。

台湾俗谚说：“甜粿过年，发粿发钱，包仔包金，菜头粿做点心。”

这样说来每样都要尝尝喽！

（一九五一年一月二十七日）

榕

台湾人喜欢“拜拜”，不但是拜祖、拜天，一石一木都成了膜拜的对象，所以有什么石头公、榕树公之说。

榕树在台湾是很普遍的树，住家的庭院里，也常常有这种挂着长长胡子的树，枝叶密生，生长很快。在植物学上榕是属桑科，常绿乔木，产在暖地，台湾和两广都很多。不但高，就是横的发展也很可观，有时一棵大榕树下可以站立几百人呢！

榕叶是椭圆形长柄，叶面革质，它的奇异就是因为从树枝生出许多须状气根，垂在地面上。大的榕树多生长在台湾的寺庙里。关于榕树的传说是这样：

从前有一个皇帝，曾在某次巡幸的时候在一棵榕树下休息，因为榕树给了皇帝凉爽的缘故，所以赠它五羊大夫的官位，并且赐给它有应该留下长须的生命。榕树也许是这样才被人尊敬的吧。因为榕树是这样的贵重，所以禁止当作薪柴去烧，说是如果砍榕树烧的人，这一家人必定陷在贫困的生活里。但是台中、嘉义和鹿港方面又有这样的传说，如果种植榕树在住家的庭院里，这家必有灾祸。台北的人却认为，家里如果种榕树，应当雇乞丐去种。因为一个孩子如果种了一棵榕树，等到树长到像那个孩子一样高的时候，那个孩子就会遭不幸了。这些传说相当可怕，无怪台湾人对榕树公是既敬且畏。但是我不明白为什么许多人家乂都可以看见这种树。大概这种树经风媒会自己在人家院里生长，既长之后，长长胡子的榕树就没有人敢砍它，因此就多起来。

不过在五月五日的时候，家家门上除了蒲艾之外，还要挂上几枝榕，台湾俗语说“插榕较勇龙”，就是说插榕的人是不会淹死的。

（一九五一年）

掷筊

梶原通好在《台湾农民生活考》一书里，说过这样的话：“祭祀是神和人办交涉具体表现的礼仪。”台湾人祭祀的目的无非是祈愿、报谢、慰灵这些事，但是每年花在这上面的钱真不知有多少！台湾的神太多了，而台湾人也相信“抬头三尺神明在”的话，所以对神真是畏敬万分，处处“唯神是从”。

台湾人在拜神祈愿的时候，除了供物以外，不能缺少的是“掷筊”，掷筊正是人和神办交涉的传话筒。台湾有句俗谚说：“无钱甲查某讲无话，拜神无酒掷无筊。”意思就是说：没钱跟娘儿们搭不上话，没酒拜神时掷不出筊。

“掷筊”的意思或者可以这样说：“掷筊就是看神的脸色如何。”筊这个字，连《康熙字典》都查过了，也没找着这个字，该是一个方言字吧！它是用竹削成二三寸长半月形的，一面是平面，一面是凸面。平面属阳，凸面属阴。每组两个，筊掷出以后，可以产生三个结果：

(一）一阳一阴是圣筊，吉象也，是神容纳或允许的象征。

(二）二阳是笑筊，半吉半凶的意味，象征神在冷笑。

(三）二阴是怒筊，凶象也，象征神在怒斥。

筊是在什么时候掷呢？只要你对神有所祈愿你就要掷，甚至于极微小的事情，都是非要得到神的同意才可以去做的。决不能擅自妄动。拜神的顺序是这样：

(一）把供物摆好在神的面前。

(二）把神前左右的蜡烛点着。

(三）在神前斟上三杯茶。

(四）点香拜过后直插在香炉里。

(五）神前的五个酒杯第一次斟上酒。

(六） 掷筶看看神降临了没有。要一直掷出圣筶，才表示神已降临。

(七）圣筶既出，第二次斟酒。

(八） 然后掷筶向神祈愿，一直到神答应你的祈愿，才能继续下去。

(九） 抽签也要先掷筶，让神答应你。所以要掷出圣筶以后才可以去抽签。

(十） 抽完签以后再掷筶，掷出圣筶才表示这支签的正确，如果掷出不是圣筶，那么还要重抽，再重掷，一直到掷出圣筶才可以拿这支签去换字签。

因为掷筶在拜神是这样重要，所以各庙宇的神龛前都有许多筶备用，同时你也可以看见掷筶的人那样诚心诚意地拜拜又拜拜，在祈求“圣筶”的出现。

(一九五一年八月三十日）

雾社英魂祭

——一个不甘压迫的民族血泪故事

在台湾岛正中央，海拔一千多公尺的浊水溪上游和哈保溪的两溪峡谷间，有一块脊棱地带，便是雾社的所在。属于泰耶鲁族的雾社十一个部落，便沿着浊水溪支流这一片好地方居住着。

浊水溪有时从悬崖断壁倾泻而下；有时慢慢地流着，溪畔开满石南花，有时要在峰峦层叠里转弯。当春日来临，有名的雾社樱花开遍山谷，你再远眺东面在云雾缥缈中的能高连峰，真是一片令人心醉的山景。

不知在多少年前，当雾社的祖先在浊水溪的一条支流旁打下生活的基地后，他的后代便管这条溪叫“麻海保”(祖先的意思）。麻海保溪，麻海保山，以及后来和他们壮烈同归于尽的麻海保岩窟，都是为了纪念祖先发祥而起的名字。他们更敬重森林里高大无比的桧树，说那是祖先的灵魂。

雾社的少年们一个个雄壮有力，他们攀登高山峭壁如履平地，他们走过藤吊桥，健步如飞。狩猎原是山地少年的英雄事业，他们为了追射一头白鹿，不惜日夜地爬山越岭，一直到鹿死箭下才肯赋凯歌归。

雾社的姑娘们不但能歌善舞，而且要负起所有的劳力工作，因为山地男子是只管打猎的。她们的美丽也是这一次悲剧的主因之一，在荒淫无度的侵略者的狰狞面孔下，雾社男儿要受鞭打，雾社女儿要受蹂躏。

当雾社成了木材采伐运输站时，雾社男儿有许多不得不扔下自由的狩猎生活，而把劳力廉价地出卖给日本人，过着扛木生涯。他们扛了沉重的木材，走在崎岖的山路上，不能讲一句埋怨的话，在日本巡查的武力强压下，无情的鞭打是时刻可以落在头上的。但是压力越大，反抗力也越大；皮鞭子越响，民族的自尊心也越强，渐渐地发生怨声载道的现象，在日警的大力镇压下，他们受苦刑或失踪的情形，就更屡见不鲜了。

他们的美丽的妻女爱人，时时被日本巡查之类奸淫了以后，怀着孽种的大肚子被遗弃了。泰耶鲁族有血气的男儿们，把这一笔笔的账记在心上。

就是连头目摩那路达奥的妹妹，也免不了受同样的遭遇：

摩那路达奥是雾社的麻海保社头目——雾社中不肯跟日本人妥协的抗日领袖。正因为摩那路达奥在雾社里有相当的势力，日本人不得不对他用怀柔政策，曾经带他到日本去观光，不断灌输以做殖民地主义者的走狗的思想，想叫他领导着族人低下头来。可是他眼见自己族人在痛苦中煎熬，和自己妹妹的遭遇，只有对日本人更加憎恨。

蝶娃西路达奥——摩那路达奥的妹妹，生得明眉大眼，即使用外族人的眼光去看她，也是够美丽的，她被有了妻室的近藤巡查诱奸之后，过了一个时期又被遗弃了，她含泪地回到哥哥面前，这给摩那路达奥的刺激真够大的。但是他忍一口气，把妹妹草草地嫁给了一个本族人。

还有花冈一郎——一个受了完全日本教育的台中师范出身的雾社青年，他的原名是达乞斯诺宾，父亲也是头目。他从学校毕业后，就做驻扎在波阿伦社的巡查。他和弟弟花冈二郎两人都娶了本族里的美女花子和初子。没想到花子和初子也被日本巡查看上，他们不顾花冈兄弟的脸面，同样地要据为己有。虽然这次兽行没有达到目的，并且被一郎告发了，但是在日本人的袒护下，被告的没受到处分，一郎反被责备，对于受了相当教育的一郎，这个打击真不小。

泰耶鲁族的男儿啊，他们受够了！

赶着运输木材，是为了建筑十月二十七日要举行的公学校联合运动会会场。无数的工人在雨后泥泞的山路上被驱遣着，吉村巡查怒喝着催促，无情的鞭子抽打在每一个落后的工人身上。

“这是受过文明洗礼的民族的行为吗？”每次，当荷戈社的青年比河华利斯看着他的同族被留一撮小胡子的日本巡查，鞭打得黑紫皮肉上起了一条条伤痕，便不由得心里这样痛苦地自问。

比河华利斯是被日本人认为有问题的工人，因为他的双亲、叔伯、兄长，都是为了反抗日本人而陆续被处死的。在他的亲族中，他是没有被清除的“反动”的根芽。统治者的皮鞭子常常亲近他，是想把他彻底地打服了。

今天为了赶路，吉村巡查的鞭子抽得更起劲了。他认为这一群懒惰的番工，是有意放慢步子的。唯一的办法就是用鞭子抽。一个工人便被打入泥泞中了，另一个工人嘟囔了两句，吉村的鞭子立刻又转移了方向，但是这个工人竟还起嘴来，于是鞭如雨下。余怒未息，最后把那工人吊在一棵桧树上打死了！啊，在雾社祖先的灵魂下，他们善良子孙竟这样被虐待，愤怒的火不禁在每个雾社男儿的心里燃烧起来！

晚上，在麻海保社的摩那路达奥家里，比河华利斯诉说了白天的事。新仇、旧恨，一齐涌上来。即使一向被认为最有镇静功夫的摩那路达奥，也不得不承认日本人所给予雾社的压迫太大了，一场复仇是不可避免的了。

在花冈兄弟的周密策划下，便决定在十月二十七日举行运动会时，一洗多年的积恨，要对日本人做一次血债的总清算。

山中秋季照例是多雨的，可是二十七日的早晨却意外地晴和，流水行云，风摇树动，大自然的一切都像往日一样宁静安谧，雾社的每个人都表现了十足的镇定功夫，没有一些痕迹可以看出要发生什么变故。这一天清晨四点，他们已经悄悄地把附近樱社、麻海保社、荷戈社、波阿伦社的日本巡查们杀光了。住在雾社的一百多个日本人，并不知死之将至，他们穿了最讲究的衣服，几乎全部参加了运动会。在这一千多公尺高的山上——那天正是中华民国十九年十月二十七日上午八时半——惊天动地的雾社事件终于爆发了！

当“日章旗”[①]升上了旗杆，日本人弯下了他们鞠躬如也的腰，向东方做照例的“遥拜”时，一阵极迅速的行动发生，山胞的家长们从队伍里把他们的子女拉离开会场，这里只剩下惊疑的日本人，跟着山崩地裂的呼啸声从四面八方涌上来，几百雾社山胞冲进了会场，领先的正是摩那路达奥。这时日本人才知道事情的不妙，但是番刀、竹枪已经发狂地落下来。“杀啊，痛快地杀啊！”复仇的血液沸腾着，番刀满场飞舞，杀喊哭号之声，使那山谷都震撼了。这一场血债的报复，应该使侵略者觉悟，世间没有一个民族肯长久受压制，压迫得越深，反抗得越高。

事先路口都有看守，幸而逃出了会场的日本人，也逃不出雾社。他们原计划杀出雾社、眉溪，并且占领埔里。雾社的电线都被剪断了，日本人想向台中方面求救的电话是不通的了。但是终有一个日本人逃脱，他由山中小路跑到二十四里外的埔里，带去了惊人的消息，因此，台中方面立刻派来军队，他们占领埔里的计划便没有成功。

从埔里到雾社途中，要经过一道天险的人止关。好美丽、好峻险的人止关！在两边断崖绝壁的中间，仅有一条窄路可通行，峭壁下面是深涧，崖上的踯躅花[②]却红艳醉人，这天然形成的要塞，使开到这里的日本军队不由得止步彷徨，不敢贸然攻入，没来得及杀出人止关的雾社人马和日军对垒了三天以后，感到有缩短防线的必要，便决定退到他们祖先的最先发祥地的麻海保岩窟去死守。

① 为日本国旗之正式名称。

② 即杜鹃花。

麻海保岩窟在层峰叠岭的高深处，是一个可容纳千百人的大岩窟，形势的险要即使用炮轰也没办法去击破它。当日本军队攻入人止关，占了雾社后，摩那路达奥和他的儿子塔达奥摩那所率领的几百男丁女眷，已经分在麻海保两个岩窟布下死守的阵势。

虽然日本人几次增援，出动全台湾各地的军队，从各路向麻海保岩窟围攻，并用飞机一再探查它的地势，但是仍然没有办法攻入。岩窟高深，外围是他们的祖魂所寄的桧树林保护着，从岩窟看出来十分清晰，看进去却莫测高深。

围攻了多日，日本军队并没有显著的战绩。虽然把雾社全部占领了，并且俘虏了一部分雾社妇孺，但是对于岩窟中的摩那路达奥父子和百千的死守者，却一点办法也没有。这时在岩窟中的摩那路达奥父子，虽然感觉到外面的包围网日渐缩小逼近，但是这一切并没有使英雄气馁，可悲的是弹尽援绝，怕是要给敌人一个便宜胜利的机会。

二十二岁美丽的玛洪摩那，是塔达奥摩那的妹妹，她因为没有随父兄们进入岩窟，不幸被俘虏了。当日本人知道没有办法攻入岩窟时，便想到了诱降的方法。有一天他们便使玛洪摩那带了大批酒肉进入岩窟劝降，想拿同胞之情去打动塔达奥摩那。

玛洪摩那见到了哥哥首先便哭了，哥哥的脾气她还不知道吗？雾社男儿的性格，还不清楚吗？如果说出请哥哥投降的话，将要受到怎样的呵责？可是数日来哥哥的焦虑，已经从他骤然老去的容貌可以看出的。

知道了妹妹的来意，塔达奥摩那却心平气和地说：

“去回复日本人，告诉他们，泰耶鲁的男儿从来不屈服，哥哥在这里要守到最后一人！”

听了哥哥的豪语，玛洪摩那完全没有惊奇之色，这是她早就料到的。

挽着妹妹的手，送她走出岩窟，死别的拥抱，即使英雄气概的哥哥也不由得泪水纵横，滴到玛洪摩那的颊上，合着妹妹的泪珠滚下来了。他不是惋惜个人的死，死已早注定，只是时间的早晚。他悲伤的是，今后仅存在人间的孤弱的妹妹，将要受到如何的折磨？他的族人后代将受到统治者怎样的报复？

在祖魂所寄的桧树林里，塔达奥摩那摸抚着泪痕满颊的妹妹，说出最后告别的话：“妹妹啊，在祖宗的面前答应我，快乐勇敢地为雾社生活下去，并且负起养育雾社后代的重任！”

受哥哥的叮咛，玛洪摩那鼓起勇气来破颜而笑，可是她道别哥哥时是怀着已碎的心。

月余的僵持，日本人毫无进展，最后他们竟使用出最毒辣、最违背人道的手段来，名为“飞机侦察”，实际是在岩窟一带施放了违反国际禁约的毒瓦斯。

在毒气的迷漫中，不肯屈服的雾社儿女，一个个倒下去了。塔达奥摩那知道，这一回他们的末日是真正地来到了，为了不甘心死在敌人手上，率领着他的族人，冲出洞窟，排排挂在桧树上自缢。于是溪边、窟洞、枝头，被毒死和自尽的尸体，狼藉纵横，这是一个为了不甘受侵略者压迫，为了强烈地爱和憎的民族，最后悲壮的死！反侵略者的肉体是死亡了，但是他们的精神却与天地同在。

在千万的尸体中，日本人找到了花冈兄弟和摩那路达奥父子的，当他们找到了所谓“最后最顽强的抵抗者”的二十八岁塔达奥摩那的尸身时，曾喊着万岁宣布了侵略者的胜利。但是这一场有血有泪、可歌可泣的雾社事件，也沉重打击了侵略者的野心，他们内心里也不得不承认暴力主义已经开始要付出极大的代价，这是一次好教训。

雾社的樱花依然年年盛开，雾社的英魂和山光水影、桧树岩窟同在，到雾社赏花的游客呀，请你们在凭吊史迹的时候，不要忘了向雾社的英魂祷告说：

“雾社的英魂啊，请安息吧，你们的后代已经得到了新生！”

(注:雾社便是现在的南投县仁爱乡春阳村，自从雾社事件发生以后，他们便移住在现在的互助村。现在春阳村所居住的，并不是当日的雾社部落，而是以后移来的他族山胞。)

(一九五一年十一月二十日)

我的美容师

“你的美容师来了！”

可不是，我的美容师来了。她进门就喊热，脱下了那件咖啡色的毛背心（她在厦门街开杂货店的外甥媳妇给她织的）。然后说：

“今天真烧热，早起我出来时还冷呢！到了大学寮的太太那里，就烧热起来了。”

“你早上已经走了几家了？”我问。

“七八家啰！”

真使我佩服，我这时不过刚梳洗完毕，早点还没吃呢！唉，我的脸刚化妆好，她却又要重新给我收拾了，好不好我请她明天再来……我这样想着，她却开口了：

“前天我来，你在睡觉，昨天又说你到木栅去了。”

一点也不错，因此她今天算把我捉住了，我怎好说不呢！

她已经在找地方了，并且很熟悉我家家具的情形，搬来了两张凳子，一高一矮；高的她坐，矮的我坐。她在估计阳光照射的位置，为的好把我的面孔放在亮处对着她。

有点不由分说的味道，我刚咬下两口烧饼，她已经坐到高凳上了。手里握着她那化妆箱，不，她那化妆包，在等着我了。

我把咬剩下的半个烧饼扔在桌上，赶快就位，我坐在她下面的姿势，就像一个小孩子等待妈妈喂饭一样。照例的，她一边打开小布包，一边望望我的脸，我猜想她又要夸赞我的脸说“皮肉真正细”了，但是她没有，却一本正经地在我脸上注视了那么一下子，也许她看到我脸上的黑斑更多，皱纹更深，当有无限感慨，她来给我美容有七八年了呢！谁知她在注视过后却说：

“鼻子真好，没见过有你这么好的鼻子的！”

我想笑了，她怎么忽然注意起我的鼻子来了？也许，真是脸上的黑斑和皱纹使她没法夸赞了，只好转移到鼻子上来。

言归正传。她打开了小布包，拿出来她的美容工具，没有外国货，全是省产品。工具是很简单的，不要笑话她，只有一盒粉、一团线和一把小锥子，还有两条破布带子。

她先用布带子绕头把我的前发向后拢了系上，然后打开了那小纸盒，拿出来一小块新竹粉，朝我脸上东一涂、西一抹，立刻我就成了三花脸。

小锥子拿在手上，大拇指横按着它，在我的脸上开始拔取较长的汗毛，但那是要限制在额头和两鬓，因为皮肉下面是骨头做底子，才好把锥子横按在上面。汗毛被拔起时，会刺痛的，但并不严重，严重的是用线来绞。

她今天换了一轴新的线，当她把线头咬在嘴里，并且用手绕好了以后，对我说：

“这轴线是日本线，结实得很，二十年喽！我阿嫂她阿婶送我的，现在没处买喽！日本制。”

什么都是日本制的好，但那也不是瞎话，从头到尾就没断过，它在我的脸上绷直了绞来绞去，每一根汗毛都被绞离了肉皮，沙沙地响，刺刺地痛，那种痛使我浑身打冷战，但是我愿意接受它。它痛得很干脆，大概就是“痛快”的痛了。我们俩有一会儿没有说话，她在专心地替我美容，我心里想着快绞到最痛的地方了。那就是眼睛下的地方，那里的肉已经是松软的了，如果不小心，就会连那松弛的肉皮一起绞起来，所以我很怕，总是支持我全身的力量去应付它，她却是轻轻地、熟练地，在那多皱的肉皮上绞取那极为微小的汗毛，绞两下，我就说:“好啦！好啦！”但是她不肯罢手：“喏，还有一点毛。”她的眼力真好。

这时她大概为免除我心里的紧张，总喜欢跟我说些闲话，她说:

“你知道圆环那间酒家吗？”

我说:“什么酒家？多得很，我不知道。”

“就是那间三层楼的。我一去，她们大家都爱我给她们挽面（台湾话管绞脸叫挽面）。都说，你挽面都不会痛。”

她在紧要关头的时候，这样吹牛，又这样哄我，使我想起了我动大手术的那一次。当麻醉药用上了以后，医生叫我数数儿，他忽然亲切地说：

“我们是小同乡呢！我们的家乡真有了不起的人物，你有一支笔，我有一把刀……！”

我刚刚数到七，听他说得我满高兴的，可就昏迷过去了，终于他一刀开下来，我被缝了三十六针！

现在我的美容师的牛也吹得恰到好处，“眼下”的一关过去了！她每次来都带了许多我们妇女界人物的消息来，那些人物我都不认识，但被她说得很熟悉了。而且那些人都离我不远。

“从你们这里去，快要到明星戏院的那位外省太太，给我挽面挽了很多年，她真爱我给她挽，搬了家还叫人来找我去。”

要不就是：

“就是从你们这里再弯过去那条巷子里，在南昌街开药店的头家娘，前几年满面都是毛。开头时，她跟我说，你半个月就要来一次啊！现在我两三个月才去一次，喝！现在她的脸是幼迷迷的！是真正幼迷迷的！她说，你挽得全不会痛。她真爱我挽。”

人人都爱她，不知道她在别人那里，怎么把我吹给人家听呢！

绞完脸面还要绞一绞后颈上的“后毛脚”，那也是一个使人打冷战的地方。两条所谓“后毛脚”，延长到脖子上，很不整齐，我的美容师，她要给我整理一番。

她这回用手往下硬揪，刷刷刷的，连根儿拔。我忍住了痛，听她赞美我：

“毛脚生得真美，看，把这些杂杂的毛挽去，啊，梳头，熨头发，都便利多了。啊，你没看见那种毛脚生得低的哪！万华开香店的她小姑，噢，毛脚像一把胡须，她嫂子叫我给她小姑挽，我给她挽得毛脚圆圆的，她梳那种日本款的头，真合适，毛脚全不会像从前那样露现了！”

痛得我想叫，但是她的功劳簿还没写完呢！

“南门口那间电头毛的美容院，你知道吧？头家娘是员林的，嫁给上海人，开美容院的。喝，她那里做事的女孩子，全爱我去给她们挽面。”

“美容院的，还要你去给她们挽面！”我不信。

“她们都不会挽面。日本式的是用剃刀来剃面，毛越生越多！”

听听，又是日本！我又想起一篇小说，描写一个外国医生到抗战时的中国内地去治疗疟疾，并破除迷信，谁想到药品被敌机炸了，医生也得了疟疾，反倒是用当地土法子给治好的。想到这儿，我好笑起来，也忘了后脖子痛。这时她也工作完毕，吹开我后脖子的碎毛，又夸了两句，包括我和她。

收拾起她的化妆工具——半盒新竹粉、一团线、一根锥子、两根破布带。她站起来，撣撣我撒落在她身上的那些汗毛、线头、粉末。

她穿毛背心的时候，我拿出来一张红色票子——五块钱，递给她，她说：

“谢谢你。啊，你弟弟娶了没有？”

“还没有。”

“由你们这里下去过桥那边，我给她挽面的太太，她小妹在电力公司办公，生得真美，真静，还没做人家……”

“但是我弟弟已经出国做事去了。”

“啊——”她很失望。

她向我道再见，临出门时又转过头来对我的脸上望望说：

“米酒里面掺一点点盐，用来在脸上搽搽，红块就会没有了。喷，我给挽一下，你的肉皮就真润了，喷！”

我的美容师，明里是夸我，其实她是真正地在自夸。

（一九六二年四月）

故乡一日

今天阴雨，乘坐在直达故乡的公路车里，闻着低气压下流散不出去的汽油味，我想着往事。

上次回故乡，是大前年的事了，为了参加堂弟阿棋的婚礼。当晚是住在幼美姑姑的家里。幼美姑姑是爸爸最小最淘气的妹妹，我是爸爸最大最调皮的女儿，我想这是幼美姑姑特别喜欢我的原因。

那次，记得天没亮幼美姑姑就起床了，我在睡梦中听见鸡叫声，以为是公鸡报晓，翻个身又睡了。等到早晨起来，梳洗完毕来到饭桌前，看见满桌饭菜中，有一大盘我最爱吃的白斩鸡，才知道黎明前的那声鸡叫，正是它被姑姑宰割时呢！

客家人是三餐吃干饭的，但是我却没有这种习惯，我早被都市的恶习和夜读夜写的生活折腾得常常是不吃早点，却吃夜宵的，但是我仍然食欲旺盛地饱餐了这顿早饭。我想我所以发胖，太适应任何食物和任何吃法，也是主要的原因吧！

吃了早饭我就忙着赶车回台北，姑姑帮着我收拾提包，把熟鸡腿包了塞进提包里，象征着我吃了鸡腿便可以多走动，常常回家了，所以临走时她问我：

“英子几多时再转来？”

我看着屋外姑姑种的满园子番茄，已经累结了青实，朝阳正照向它们，我说：

“谁知道！也许几个月，也许几年。”

姑姑说：“嗤！”她不满意我的答复。

果然几年过去了，我才又一次回来故乡，这次是为了伯母的整寿。

车驶进故乡小镇的街上来了。故乡近年的进步是突飞猛进的，最大的工厂开设在这里，景象是不同些。我很担心，如果没有人来接车，我下了车，应当朝哪方走？如果沿门打听，也许问到的小朋友正是我的侄甥们，岂不正造成“儿童相见不相识，笑问客从何处来”的事实？

还好，车子驶到总站，我已经从车窗看见另一个堂弟阿桢等候在那里了，我多高兴！下车来，他告诉我，因为我信中没有写明车次时间，他和阿烈哥是从早上就轮班在这里等我的。

伯母已经搬到小镇的边上去了，要走一些田间的小路，雨天脚下泥泞，幸好我穿了雨套鞋来。我跟在阿桢的后面走，忽然想起什么，问他：

“阿桢，你几个孩子了？”

“七个。”

“哟！”吓了我一跳。在我的记忆中，他有三个或四个，已经觉得不少了，几时增加到七个啦？只是在这几年我没有回来，就变成这样多了吗？

我的惊奇，使他回过头来，向我笑笑。他的笑，也使我想起了他的父亲——我的惪叔；最小最先死去的叔叔。

我永远忘不了我第一次回来的情景，惪婶拉着我的手哭着说:“转来好，转来好，你的爸爸和惪叔怎么就没有转来的命呢？”我忍不住失声痛哭，哭尽了我心中的委屈——惪叔和爸爸死在异乡以后，我们在大陆上所受到的委屈，一股脑儿，都从心底涌上来。

惪叔死的时候，我还是一个小小女学生，但是对于惪叔，我有极深刻的印象，片片段段的，都能从回忆里，清楚地回到眼前。母亲曾说过，惪叔的脾气古怪，可是我就从来没有觉到过。他风度翩翩，比起高颧骨、凹眼睛的爸爸要漂亮得多。

惪叔给我最初的记忆，就是他对我刚开始入学读书的帮助很大。我第一次去考小学，就是惪叔带着我。一个北平夏季的大雨天，我从考场出来，看不见惪叔就哭了，等他从后面赶过来拉起我的手时，才因心安而破涕为笑。以后，我常常被这双温暖的大手携着，他带我去游公园，去买书去听戏。我初学毛笔字的时候，惪叔特地到琉璃厂买了一本“柳公权玄秘塔”字帖给我，这本字帖用了许多年，一直到惪叔死去，它还平静地躺在我的书包里。

惪叔是祖父最小的儿子，祖母最疼爱的。父亲在日本做生意的时候，他也被父亲带到日本读书。后来父亲的生意失败，带母亲和我到北平去谋事，不久把惪叔也接到那里去读书。惪叔和父亲的年龄相差十多岁，两个人的生活、思想太不同。虽然父亲一向都是爱护家人的。

几年以后，悹叔又把悹婶和阿桢弟接到北平。不久，他们就离开父亲另住。就是因为他们兄弟之间的思想距离太大。

后来，悹叔和朝鲜的抗日分子来往，他们计划发动什么事情的时候，因为事机不密，到大连就被日本人捉去，结果被毒死在监狱里。当悹叔的照片登在一张日本的报纸上时，父亲看了痛哭起来。那张照片上的悹叔瞪圆着眼，两手交胸，我从来没有看见过他这么凶的样子。父亲接到悹叔的死讯后，亲自到大连去收尸，回来不久便发了吐血的毛病。当时祖父写信来，为这件事责备父亲。我记得父亲一连几夜没有睡觉，给祖父回信，写了几十页，把信纸粘接起来寄出去，就像一卷书。

悹叔唯一的儿子，小时曾经是我的游伴的阿桢弟，现在竟做了七个孩子的爸爸啦！人生真难料！

我一边走一边痴想，走过弯弯曲曲的田边的小路，眼前就到了家。

七十整寿的寿星，正和大家一样，光着脚在泥地上走，她忙着呢！来往于自己住的小屋子，和借来请客的邻居地主的大房子。我向她拜寿，掏出代表台北全体的寿礼红包来，她抹着眼泪说："来就好！"

我被带进狭窄的小屋，里面乌压压的满屋子人，都是些三姑六婆二舅母这样的亲戚们。小孩子惊奇地望着被称作"唐山阿姑"的我。她们告诉我，哪个和哪个是谁谁的孩子，都是甥侄辈；我只能说，我的不知名的甥儿侄儿，像山上不知名的花儿那样多！

酒席开十桌，够豪华的。上到第十个菜，上菜的人说，这才不过是一半哪！谁说乡下人俭省？吃着“大肠肚子咸菜汤”“洋葱煮鱼丸”这样的菜，我问邻座的姑姑，这是什么料理？谁在厨房主持？姑姑严肃地回答我说：“好料理。你的三婶、厝婶、大嫂都在厨房里。”

当别人正吃得津津有味的时候，我忽然没有了胃口，有一股气味向我的鼻孔侵袭。我来找，一回头，发现身后的木板墙那边正是牛槽，那就难怪了。我很想捏起鼻子，但是我凭什么要这样做？只因为我是都市的宠儿？都市的空气比这里更清洁？更何况在我的生命史上，幼年也有过两年乡下生活的经历呢！我这么想着，不禁笑了。姑姑误会了我的笑容，她说：“好料理吧？”我点点头。

酒席吃完了，我到凤姊家去休息。凤姊说晚上要请我听戏，正旅行到镇上来的阿玉的戏班子，非常叫座。她去买票，我浏览着凤姊这栋新建的房子，满挂着的祝贺镜框和对联。姊夫原来有一辆“拖拉库”[1]由他自己驾驶，做些运输煤炭或其他物品的生意，但现在他是民意代表了，所以墙上的镜框都是书写着“民之喉舌”“为民造福”等字样。

这时在寿婆那里帮忙的婶婶、嫂嫂们都来了，她们忙了大半天，都还没跟我说上话呢！厝婶还是那么清瘦和忧郁。她见我总是忍不住冲动地轻叫着：

“英子！”然后哭泣了。

看见我会使她想起这一生的转折点——在冰天雪地的北方，在正

① 英文truck的日文发音，即卡车。

被人家艳羡的生活中，她骤然失去了那青年英俊的丈夫——屘叔。她现在虽然做了七个孙儿女的祖母，但他们怎抵得过那一个属于她的屘叔呢！

这时屋里全静下来了，只听屘婶一个人的饮泣声，没有人劝解她。也许大家都知道（也都有过这经验吧！）让她哭泣一阵，心中的郁闷发泄出来，不是无益的事情。

但我还是要打破这沉重的气氛，我从皮箧中取出一叠我的近照，递给屘婶，说：

“您看这些都是我。”

这样，她才停止哭泣，含泪微笑地一张张看着。我送给每人一张，她们都珍重地收起来。

晚上听戏，是凤姊大请客，我们一群妇孺，结队前往。婶婶要我脱下“踢死牛”的尖头皮鞋，她不信那双鞋会使我舒服，于是我换上了木屐，招摇过市。

幼美姑姑是戏包袱，关于戏的一切她都知道。她告诉我，阿玉母女的戏班子是跑乡镇有名的。她的女儿们都是初中毕业后参加戏班，所以不可以轻视呀！

这一晚的戏听完看完以后，太使我开心了！她们所演的，应当是称为“地方戏”的那一种，但是我看了后，觉得这种戏已经打破了“地方”的观念，就是对于“时间”的看法，也应当另具眼光。它像现在人们所争论的现代诗或现代画一样，称之为现代戏，是无愧的！因为在这出号称香艳、悲伤、警世、武打的戏里，它的乐器包括胡琴、二胡、单皮、锣鼓、萨克风、小提琴……为什么不可以呢？她们所唱的既然有歌仔调、流行曲、西皮摇板、采茶相吻调等，当然就得这些乐器来配合。她们既然穿了古装唱流行歌曲，那么饰演花花公子的，穿了粉红缎子香港衫，戴了水手帽，又有何可挑剔的呢？因此，她们在一台戏里，也就忽而客家语，忽而闽南语，忽而国语不足为奇了！唱到一半，女主角又凭什么不可以从后花园赠金给公子后，跑到台前来，用播音小姐的腔调，穿着古装，站在麦克风前，预报明天的戏目，请君早临呢？所以，当我看了最后一幕以“拥吻，幕徐徐落下”而结束时，不禁向台上发出会心的微笑了。

科学的进步，时间和空间的距离和间隔都缩短了，错置了；我们既然可以在收音机里、电视机里听到和看到过去的真实的声音和情况，为什么古今中外不可以在戏台上融于一堂？现代的艺术家也告诉人，美和丑是难以界分的。这一台戏给了你非常“现代”——一种清清楚楚可又模模糊糊的感觉。这一切，怎不教人开心呢！

我和所有的观众一样满意地踏上归途。

我这次是回到凤姊的家来歇一晚。在没有垫褥的榻榻米上，凤姊给了我一床十斤大棉被和一个小硬枕头。我不能嫌不舒服，我应当记着，幼年的我，是曾经有过两年这种睡觉方式的经历呀！人能忘本吗？

临睡前，凤姊过来了，她说：“明天不能再留一天吗？”

我摇摇头说：“不能，故乡虽有趣，但我明天还要工作，一早就走。”

她到外屋去，我听她和她的女儿在说什么，又有搬动碗盘的声音。我想，她一定在切鸡腿，分红龟糕，一包包让我带到台北去分给众人，但不知这次吃了象征着常常走动的鸡腿，下次回故乡会在什么时候？

（一九五〇年）

我父亲在新埔那段儿

从台北坐纵贯线火车南下，到了新竹县境内的竹北站下车，再坐十五分钟的公路车向里去，就到了新埔。新埔并不是一个大镇，多少年来，也没有什么太大的发展。她远不如我的家乡头份——在苗栗县境内的竹南站下车，再坐十分钟公路车就到达的一个镇——近年来发展得迅速。新埔有点名气，是因为那里出产橘子，俗名叫它椪柑，外省人谐音常管它叫“胖柑”。它确实也是金黄色，胖胖的神气。但是天可怜见，新埔近年“地利”不利，不知什么缘故，橘子树忽然染上了一种叫作黄龙病的症候，逐渐被毁掉了，现在只剩下很少很少的在那里挣扎。很多人改种水梨了。但台湾的梨，也还待研究和改良，希望有一天，新埔的水梨，能像新埔的椪柑那么神气起来吧！

新埔有一所最老的小学，就是当年的新埔公学校，今天的新埔国民学校。就拿她的第十四届的毕业年代来说吧，已经是在半世纪前的一九一六年了。新埔公学校的第十四届毕业生，有一个同学会，每五年在母校开一次会，他们（也有少数的她们）现在起码都是六十四岁以上的年纪了。把散居各地的六七十岁的老人家，聚集在一起，即使是五年才一次，也不是一件顶容易的事，虽然台湾没多大，交通也便利。同学们固然多的是儿孙满堂，在享受含饴弄孙的退休生活，可有的也常闹些风湿骨节痛的老人病，更有一两位老来命舛，依靠无人，生活也成问题的。所以在五年一聚的照片上，每一次都比上一次的人数少，怎不教这些两鬓花白的老同学感叹时光的流转，是这样快速和无情呢！因此他们更加珍惜这难得的一聚。他们也许会谈谈这五年来的各自情况，但更多的是徘徊在母校的高楼下，看他们故乡的第三代儿童们，活泼健康地追逐嬉戏于日光遍射的校园中，或者听孩子们琅琅的读书声。抚今追昔，会勾引起很多回忆的话题的。

他们记得五十多年前的母校，只有六间平房教室，上了层层台阶，进了校门，就只有一排四间教室，向右手走去还有两间，如此而已。他们也都能记得前几年才在日本故去的日人安山老师，但是更早的记忆，却是一位来自头份庄的年轻而英俊的老师，林焕文先生。他瘦高的个子，骨架英挺，眼睛凹深而明亮，两颧略高，鼻梁笔直，是个典型的客家男儿。他住在万善祠前面学校的宿舍里，平日难得回头份庄他的家乡去。

焕文先生的英俊的外表和亲切的教学，一开始就吸引了全班的孩子们。他们都记得他上课时，清晰的讲解和亲切的语调。他从不严词厉色对待学生。他身上经常穿着的一套硬领子，前面一排五个扣子的洋服，是熨得那么平整，配上他的挺拔的身材，潇洒极了。按现在年轻人的口气来说，就是："真叫帅！"其实那时是一九一〇年，还是清朝的末年，离开他剪掉辫子，也还没有多久。他是国语学校毕业的，先在他的家乡头份教了一年书，然后转到这里来，才二十二岁。

教书，也许并不是这位青年教师一定的志愿，但是他既然来教了，就要认真，就要提起最高的兴趣，何况他是很喜欢孩子的呢！

焕文先生在新埔的生活，并不寂寞，除了上课教学，下了课就在自己的宿舍里读书习字。他虽然是出身于日本国的“国语学校”，但他的老底子还是汉学，那是早由他的父亲林台先生给他自幼就打好根基了。因此在那样的年纪，那样的时代，他就学贯“中日”了。在他的读书生活里，写字是他的一项爱好，他写字的时候，专心致力，一笔一画，一勾一撇，都显得那么有力量那么兴趣浓厚，以致他的鼻孔，便常常不由得跟着他的笔画，一张一翕的，他也不自觉。

班上有一个来自乡间的小学生，他因读书较晚，所以十一岁才是公学校的一年生。他时常站在老师的书桌前，看老师龙飞凤舞地挥毫。日子久了，老师也让他帮着研研墨、拉拉纸什么的，他就高兴极了，觉得自己已经从老师那儿熏染点儿什么了。有一天老师忽然对他说：

“你如果很喜欢我的字，我也写一幅给你，留作纪念吧！”

那个学生听了，受宠若惊，只管点头，一时不知怎么回答才好。焕文先生写了一幅《滕王阁序》给他。这幅字，他珍藏了不少年，第二次世界大战时，台湾被盟军轰炸，他的珍藏，和他所写的一部血泪著作的原稿，便随着他东藏西躲的。幸好这部描写台湾人在日本窃据下生活的小说《亚细亚的孤儿》，和它的主人吴浊流先生，藏得安全，躲过了日本人的搜寻网，而和台湾光复同时得见天日，但是《滕王阁序》却不知在什么时候遗失了。

吴先生说到他的老师当年的丰采，和在那短短两年中，所受到的老师的教诲，以及相处的情感，不禁老泪纵横。想想看吧，一个老年人流起泪来，有什么好看？但是怀旧念师的真挚之情，流露在那张老脸上，却也不是我这支圆珠笔所能形容的。

焕文先生有一个堂房姐姐，人称阿银妹的，嫁在新埔开汉药店。阿银妹不但生得美丽，性格也温柔，她十分疼爱这个离乡背井来新埔教书的堂弟。她不能让堂弟自己熨衣服，还要自己煮饭吃，那是没有必要的。所以，如果堂弟没有到她家去吃饭，她就会差人送了饭菜来，饭菜是装在瓷制的饭盒里，打开来尽是精致的菜。焕文先生一辈子就是爱吃点儿可口的菜。

他也时常到阿银妹家去吃饭，班上那个最小最活泼淘气的蔡赖钦，和阿银妹住得不远，所以他常常和老师一道回去。如果老师先吃好，就会顺路来叫他，领着他一路到学校去。如果他先吃好，也会赶快抹抹嘴跑到阿银妹家去找老师。老师不是胖子，没有绵软软的手，但是他深深记得，当年他的八岁的小手，被握在老师的大巴掌里，是感到怎样的安全、快乐和亲切。如今蔡赖钦是八岁的八倍，六十四岁喽！我们应当称呼他蔡老先生了！蔡老先生现在是一家代理日本钢琴的乐器行的大老板，他仍是那么精力充沛，富有朝气，活泼不减当年。不过，说起他的老师和幼年的生活，他就会回到清清楚楚的八岁的日子去。

蔡老先生记得很清楚，关于新埔公学校的校匾那回事。学校该换个新校匾了。按说当时学校有一位教汉学的秀才，不正该是他写才对吗？可是蔡老先生骄傲地说，结果还是由年轻的老师来写了，可见得老师的字是多么好了。

老师的字，在镇上出了名，所以也常常有人来求，镇上宏安汉药店里，早年那些装药的屉柜上的药名，便是由老师写的，十几年前，还可以在这家药店看见老师的字，但后来这家汉药店的主人的后代，习西医，所以原来的药店已不存在了。

当蔡老先生说着这些的时候，虽然是那么兴奋，但也免不了叹息地说：

“日子过得太快、太快，这是五十六年前的事了！林小姐，你的父亲是哪年去世的？”

哎呀！到现在我还没告诉人，那个年轻、英俊、教学认真、待人亲切的林焕文先生，就是我的父亲啊！

关于我父亲在新埔的那段儿，我是不会知道的，因为那时没有我，我还没有出生；甚至于也没有我母亲，因为那时我母亲还没嫁给我父亲。我母亲是在六年以后嫁给我父亲的，我是在八年以后出生的。

我的父亲在新埔教了两年书，就离开了。我前面说过，焕文先生不见得是愿以一个小学教师终其一生的人，所以当有人介绍他到板桥的林本源那儿去工作时，他想，到那儿也许更有前途，便决定离开新埔了。离开新埔不难，离开和他相处两年的孩子们，就不容易了，所以当他把要离开的消息告诉同学们时，全班几十个小伙子、小姑娘，就全都大大地张开了嘴巴，哭起来了，我的父亲也哭了。

我的父亲离开新埔，就没得机会再回去，因为他后来在板桥娶了我母亲，同到日本，三年以后就到北平去，不幸在他四十四岁的英年上，就在北平去世了。

蔡老先生听我告诉他，不住地摇头叹息，他自十岁以后，就没再见到我父亲，别的学生也差不多一样，但是他们都能记忆，我父亲在那短短的两年中，在他们幼小的心灵中，是种下了怎样深切的师情，以至于到了半世纪后的今天，许多世事都流水般地过去了，无痕迹了，一个乡下老师的两年的感情却是这样恒久，没有被年月冲掉。

（一九六六年八月八日）